U0058961

人生畫卷

雲霞　著

附圖一　拱門岩石（Los Arcos）／雲霞攝。

附圖二　冰雕龍／雲霞攝。

附圖三　聖邁可教堂／雲霞攝。

附圖四　周王城天子駕六博物館／雲霞攝。

附圖五　八十一歲的母親／雲霞攝。

附圖六　仙人掌果／雲霞攝。

附圖七　冬莧菜／雲霞攝。

附圖八　鳶尾花／雲霞攝。

附圖九　拖鞋蘭／雲霞攝。

附圖十　癩蛤蟆／雲霞攝。

附圖十一　漁夫／雲霞攝。

附圖十二　開示／雲霞攝。

自序　舊緣再續

唸中學起，就愛好文藝，醉心於寫作，與文學結下了不解之緣。老師一再鼓勵我，進大學讀「中國文學系」，這讓我悄悄編織起了作家夢。

大專聯考放榜，沒進「中國文學系」，倒進了「外國文學系」，雖係一字之差，對我而言，沒能打下扎實的中國文學基礎，十分遺憾。

畢業後的第一份工作，進了學校，執起教鞭。後來轉進銀行，一待三十年，曾有的作家夢已遙不可及。誰知提前退休，搬來這小城，反而成就了我的作家夢，舊緣得以再續，倒是始料未及。

初到這陌生小城時，沒個朋友，那份寂寞，誠如龍應台在她《目送》一書裡所提：「茫茫天地之間『余舟一芥』的無邊無際無著落。」於是，提起荒疏多年的筆，為盪至谷底的情緒找到一個舒放出口。將流竄心中的酸、甜、苦、辣齊匯聚筆下，宣洩、疏導、歸隱於文學大海，然後陸續發表於報刊。終於，我再度拾起了生活重心！

二〇〇七年春，彙編整理作品，結集出版了《我家趙子》一書，通過審查，有幸成為「海外華文女作家協會」一員。進一步受邀，在《世界日報》網站成立了部落格。網址是http://blog.worldjournal.com/theresajaw。在這片園地，我辛勤耕種，欲將荒蕪織成一片賞心悅目的錦繡大地。

女作協將於今年十一月在台北舉行年會，當得知同時為會員們舉辦書展時，不禁興起出第二本書的念頭。心動不如行動，立即著手將這兩年多來刊登於報紙及部落格上的文章集結起來，一一歸類，輯成如下諸篇：

海天遊蹤：播下旅遊的種子，收穫當地歷史、文化、地理的知訊與「海天遊蹤」的美景。

有情天地——親情、夫妻情、友情三輯：細訴溫馨的親情、夫妻情、友情，與讀者一起沐浴在「有情天地」中。

瓜果飄香：先生如老農，豈能錯過他汗滴禾下土所帶來的「瓜果飄香」。

繽紛池園：奼紫嫣紅的「繽紛池園」更是視覺及心靈上的無限享受。

人生畫卷：人生如一卷畫，展開這「人生畫卷」，絢麗、苦難、惆悵等故事鋪陳於眼前。

我見我思：一花一世界，大自然自有其定律，「我見我思」下，抒發對世間萬物的感悟。

生活隨筆：展現出人生基本需求——衣、食、住、行的形形色色於「生活隨筆」中。

十二萬分感謝親人、女作協的文友、認識與不認識的朋友們在部落格上的留言，這給了我莫大的鼓勵，也是讓這份寫作舊緣得以再續的動力。對於網路的無遠弗屆，能在「谷歌」（Google）上搜尋到寫作所需的資料更是心存感激。

誠邀愛護我的讀者，與我一起展閱這本以「情」貫穿其中的「人生畫卷」！

雲霞

二〇一〇年初夏　於新墨西哥州

目次

海天遊蹤

有情天地——親情

有情天地——夫妻情

有情天地——友情

瓜果飄香

繽紛池園

人生畫卷

我見我思

生活隨筆

海天遊蹤

尋夢天涯地角　聖盧卡斯岬

今年的分時度假（Timeshare），透過交換中心，先生與我於九月初來到了聖盧卡斯岬（Cabo San Lucas）。

它位於加州灣半島（Baja California Sur Peninsula）最南端，太平洋與柯提茲海（Sea of Cortez）交會處。一年僅下七吋的雨，終年艷陽高照，氣候雖乾燥，但有海風調節，加上崎嶇的海岸及綿延遼闊的海灘，使它成為墨西哥西海岸一顆耀眼的明珠。

步出機場，沿途發現公路旁山岩的形狀及沙漠地區特有的仙人掌類植物與墨西哥著名的旅遊勝地——阿卡波可（Acapulco），瓦亞塔港（Puerto Vallarta），坎昆（Cancun）不怎麼一樣，倒是與我們所居的新墨西哥州很像，令我頓生親切之感。

碼頭美食　鮮美大蝦

抵達位於南邊最尖端的 Solmar 旅館時已是下午五點，由於中午轉機時間急迫，來不及買食物，僅以隨身攜帶的餅乾果腹，早已飢腸轆轆。櫃台服務人員告知碼頭邊上有許多餐廳，而碼頭距我們下榻處步行僅需十五分鐘，於是放下行囊匆匆趕赴碼頭，去尋找在機場大廳偶而聽來別的旅客交談時提及的美味大蝦，當時先生即暗中記下了餐廳名字及地點。

儘管碼頭上各個餐廳都派人在路邊熱情地攔截，邀你入內用膳，可是先生打定主意非吃那家新鮮的大蝦不可。繞來繞去，還真讓我們給找著了。一看餐牌，一公斤的，量雖大，價錢卻最合算。先生想想沒吃中飯，就來它份一公斤的水煮蝦，好好飽餐一頓。端上來的沾醬是奶油，我不喜歡那股油膩，就吃原味，哇！真是甘美鮮甜。不過我越吃越慢，一公斤，哪怕是兩人分，先生吃多半，也讓我今後大半年都不想再碰它了。「少吃多滋味」，的確，一過量，就覺得這鮮美打了折。嗜吃海鮮的先生，倒是吃得意猶未盡。在他眼裡，一公斤，值！

浪花飛濺　氣勢磅礴

清晨，與先生在旅館後邊的海灘漫步，面對著一望無際的太平洋，看潮起潮落，放空大腦，敞開胸懷，俗慮全拋。由於這海灘屬旅館私有，沒有閒雜人等或兜售紀念品的小販出入，十分安靜。左手邊矗立著光溜的大塊岩石，海浪衝向它時，激起好高的浪花。在我們正前方，一波波潮水甚為和緩，幾度進退間，誰知竟暗中蓄夠了能量，猛地向我們襲來，速度之快，在毫無預警下，嚇我們一大跳。身後是高高的土堤，來不及爬上去，無處可躲下，只好任由海水轟一聲衝上身。想想速度與氣勢皆比它大上千百倍的海嘯，磅礴的威力不是更讓人驚恐？潮水於瞬間退去，我們趕緊回房換掉浸濕的衣鞋。

觀光勝地　後起之秀

遊市區時，發現多處主幹道在擴建施工中，汽車得繞道而行。看街容，它旅遊業的發展似比坎昆等地落後許多，尤其車開在背街的巷弄時，明顯感受到貧富的差距甚大，好像走在兩個不同的世界。也許任何老城欲趕上現代化、商業化的腳步時，都會面臨新舊交替的過渡時期：一邊是高樓大廈，有著光鮮的外表，另一邊卻是舊瓦殘垣，油漆斑駁。

當年美墨戰爭時，美國一看這荒漠地區，就放棄了，將它留給了老墨。原本是個默默無名的小漁村，一九三〇年，人口僅四百人，一九五〇年代，好來塢的名人們乘著私人飛機來此釣魚。一九七四年，人口不過增至九百人。那時，加州灣半島美墨邊境的提華納城（Tijuana）建好了雙線公路，美國遊客陸續入境，發現此處淳樸的民風，潔淨的沙灘，蔚藍的海天，於是美名傳開，遊客大增。政府有鑒於此，於一九七四年正式開發此地，俾使之成為觀光勝地中的後起之秀，如今人口已增至五、六萬人。

馬林之都　釣魚天堂

此地區（Los Cabos）由三部分組成：聖荷西岬（San Jose del Cabo）——機場與政府機構所在地，安靜的街道上滿鋪著鵝卵石，還有極具藝術品味的服裝店；走廊（The Corridor）——連接著聖荷西岬與聖盧卡斯岬海岸，沿著海邊建有許多豪華旅館、高檔分時度假中心、高爾夫球場；而聖盧卡斯岬（Cabo San Lucas）——則位於半島尖端，有碼頭、酒吧、著名餐廳如 Giggling Marlins 和 Cabo Wabo（搖滾歌手 Sammy Hagar 開的）。每年十月在此舉辦國際性的馬林魚（Marlin）比賽，拉開旅遊旺季的序幕。這釣魚者的天堂，因此被冠以世界馬林魚之都。

馬林魚（Marlin），又稱青槍魚，是一種海洋大型旗魚，長有一長矛狀嘴部。體長通常可達三米，體重可達一千五百磅。在海明威的《老人與海》中，曾描述老人與馬林魚奮戰的經過。這篇短篇小說是他精彩的經典之作，不但贏得了普立茲獎，還讓他次年戴上了諾貝爾文學獎的桂冠。

拱門岩石　陸地盡頭

碼頭邊上有許多小亭，亭中的銷售人員，手持馬林魚的照片追著你，不斷地招徠你乘坐他們的船出海。我們沒去釣魚，倒是乘小船去觀賞了拱門岩石（Los Arcos）。它位於「陸地之盡頭」（Land's End）旁邊，「陸地之盡頭」這名字還真貼切，再往南走，就要掉進大海裡了。這地名讓我聯想起「天之涯，地之角」。經海水不斷沖刷而形成的拱門景點已成了此地旅遊標誌，如果到 Cabo 而沒來看拱門岩石，就像沒來過 Cabo 一樣。在岩石上，我們還看到好幾隻懶洋洋的海獅躺在那兒睡覺。駛船的人儘量緩行或停留，讓我們將這大自然的奇景拍個夠。

在拱門岩石旁有個情人海灘（Lover's Beach），可坐水上計程車去，或從我們住的Solmar旅館翻過大塊光滑和一些崎嶇的巨岩可到。先生曾想試試，我擔心他從滑溜的大圓石滾落受傷，或被嶙峋的岩石割破手腳，出門旅遊還是以安全為要，打消他冒險的念頭。於此海灘前的水域，好些人在浮潛，樂在其中。如想在海裡游泳戲水，Medano Beach是唯一安全可游之處。還可玩水上滑翔傘、摩托車等活動，給碧藍澄靜的海灣，添了份假日的喧鬧。

落日遊輪　快意舞動

碼頭上泊滿船隻，有好多艘豪華遊艇，透出船主不菲的身價。有的船是當地做生意的，黃昏時，滿載著遊客於海上兜一圈，來個Sunset Cruise。我們上船後，靠著船舷，欣賞日落前漫天瑰麗的雲彩，揉來擠去，變幻出不同的圖案，映照著粼粼金燦的波光，好美！加上海風習習，吹得人醺然欲醉。簡單的晚餐過後，主持人開始播放熱門音樂，帶動氣氛，許多人拋下矜持，跟隨著主持人在甲板上快意舞動。小遊輪，空間有限，我們僅在旁觀看，扭腰擺臂就讓給年輕人吧！船駛回時，已是萬家燈火，點點亮光，給盡興而歸的遊客們心上燃起了一絲溫暖。

每天我們都會去碼頭走走，還曾看到由洛杉磯出發的大遊輪靠岸，店家們熱情地使出混身解術，期盼魚貫而出的遊輪客給當地的餐廳、藝品店、購物中心帶來蓬勃的商機。

以前來墨西哥旅遊時，總會捎帶些紀念品——T shirt、手工藝品、銀飾等回去。來過太多次後，當市區遊（City Tour）的嚮導帶我們進店時，我們僅隨意瀏覽，什麼都不想買了，尤其當看到銀飾所標價碼，比阿卡波可（Acapulco）貴好幾倍時，更是望而卻步，空著手出來。

瑪格麗塔　醉意朦朧

一個禮拜的假期，轉眼即逝，臨行前一天，我們特意選了家可眺望海景的店，享受海鮮大餐。點了杯瑪格麗塔酒（Margarita），與先生舉杯互慶此趟旅行圓滿結束。酒一入口，酒味甚濃，多喝幾口後，竟有醉意，頭暈暈的，說起話來，舌頭似有點不聽使喚。

瑪格麗塔酒是用龍舌蘭酒（Tequila）、檸檬汁和含有橙子成分的利口酒等兌在一起做成的雞尾酒，不是沒喝過，怎麼與我們新墨西哥州的不同？先生告訴我，他們攙在酒裡的

Tequila 濃度較高。難怪，不過這種微醺的感覺甚好，何況是與先生坐在天之涯地之角的餐廳裡，更覺詩情畫意。

端起酒杯，再喝它一口！醉意朦朧中望向先生，即使已是夫妻，「一願郎君千歲，二願妾身長健，三願如同樑上燕，歲歲長相見。」那樣的詞句依然浮上了心頭。

次日，於晨曦中，滿帶著聖盧卡斯岬美麗海景的回憶，搭機返家。看海的日子這麼快就結束了，回到新墨西哥州，日子回復常軌。周日，走在步道（Trail）的林蔭中，一陣山風吹來，樹葉隨之翻飛作響。那聲音好熟悉，像海浪，一波波，湧動著，由遠而近。閉上眼，感覺似又回到了聖盧卡斯岬。

請參照書前附圖一　拱門岩石（Los Arcos）。

重遊阿卡波可

許多年前在台灣看紅極一時的「愛之船」影集時，就對片中遊輪停靠的景點——墨西哥的阿卡波可（Acapulco）心生嚮往。移民國外多年後，與先生第一次出國旅遊需決定地點時，我自然而然地就選擇了它。

那時「分時度假」（Timeshare）的風氣剛起，第一次遊阿卡波可，就經不住銷售員的賣力遊說，一動心之下，立即買了。此後每年用它去了不少地方度假，時序匆匆，沒想到前年重回當年買「分時度假」之地——阿卡波可，已是二十年後。只見阿卡波可比當年更繁華了。

阿卡波可人口約兩百萬，位於首都墨西哥城（Mexico City）南邊三百哩。一九五七年，因法蘭克辛那屈（Frank Sinatra）唱的一首*Come Fly with Me*，帶動人們來此旅遊的熱潮。許多政壇名人、影劇明星亦相繼造訪且置產，買下山坡上的豪華別墅，以便抽空擺脫工作的緊張壓力時，能輕鬆愉悅地在此享受藍天碧海及日落美景，因此使得它的聲名更加大噪。

不只是外地遊客，長周末假期，許多位處本國內陸的人亦來此，享受它綿延甚長的海灘風光。街上精品店、餐館、商店及小攤林立，人群熙來攘往，摩肩接踵，十分熱鬧。白天，沙灘上滿是戲水人潮；晚上，夜總會、狄斯可舞廳內，閃爍的燈光與熱情洋溢的音樂，讓年輕人流連忘返，阿卡波可成了觀光客喜愛的不夜城。二十年前，我們亦曾隨著狄斯可震天價響的音樂激情忘我地狂舞；如今，卻只想站在陽台上，靜靜地眺望「落霞與孤鶩齊飛，秋水共長天一色」。

它最具特色的節目是峭崖跳水表演。在西灣 La Quebrada 地方，有一名為 Mirador 的旅館，在其後方是峭壁懸崖，懸崖下方就是蔚藍的海水。跳水時因需有足夠的海水襯墊，方不致使他們撞到海底嶙峋的岩石而受傷或殞命。經專業訓練過的跳水員站在一百三十六呎高的崖上，全神專注觀察，並計算掌握好太平洋海水湧入這七米寬四米深的狹灣時間，然後姿勢優美地縱身一躍，那一刻實係搏命演出。許多人說觀賞了這項表演，來此行程才算劃上完美的句點。

嚮導還帶我們去了克尤卡湖（Coyuca Lagoon），這完全有別於跳水表演的驚險刺激。路邊高聳的椰子樹、芒果樹、鳳凰樹、芭樂樹及木瓜樹，還有不時出現三、兩頭豬在鄉間小路上悠閒地走著，這讓我憶起南台灣的童年，似回到了久別的家鄉，滿懷溫馨恬適。來到湖

邊，四野寂靜，沒有遊人的喧鬧，可靜謐地觀賞各種鳥禽棲息在大自然的生態。小船雖在湖中慢行，但輕微的馬達聲依然令它們乍然飛起。趕緊舉起相機，搶拍下「爭渡，爭渡，驚起一灘鷗鷺」的生動畫面！

假期瞬間結束，臨行前一天，再去沙灘漫步、聽浪濤洶湧，如同二十年前。那時留下的腳印早被海水沖刷得了無蹤跡，正如同生命裡許多事情，雖刻意留存，終被似潮水的歲月無情帶走。

當我再次在沙灘上留下清晰的腳印，不是企圖驗證「凡走過必留下痕跡」，只想讓大海知道，我回來了！不怕它歲月流轉，不管它潮起潮落，沖不走的是那份永留心中的甜美回憶。

初試遊輪

初夏，應朋友相邀參加嘉年華遊輪公司的西加勒比海七日遊。飛機抵達佛羅里達的Tampa Bay 機場後，我們即搭計程車直奔海邊。

瞧見一艘大船，停靠岸邊。許多遊客已魚貫而入，在偌大的廳排好隊，等著通關上船。在服務人員具豐富經驗的有效管理下，整個通關行程流暢，給我留下極好的第一印象。

名為「Legend」的船，全長九百六十三呎，重達八萬八千五百噸，可容納遊客約兩千多人及員工一千人。原擔心會暈船的我，發現這船由於吃水深，行駛起來極為平穩，一點兒也沒有搖擺晃動的感覺。

遊輪上應有盡有——二十四小時開放的自助餐飲部、正式餐廳、鋼琴吧、賭場、健身房、游泳池、圖書館、美容按摩室、活動表演廳、免稅商店、展畫室、橋牌房、珠寶店、供行婚禮的小教堂……。第一次乘遊輪，我像劉姥姥進了大觀園，目不暇給。

久聞船上以美食招徠顧客，光想想不用自己下廚，頓頓吃現成，就已樂開懷，何況菜色豐富多彩。自助餐飲部除了固定的三明治、披薩、水果、甜點、飲料外，並有各國不同口味的主題餐，諸如中國、意大利、墨西哥、美國、日本、印度等，任君挑選。在正式的大餐廳用膳，更是豐盛，每晚牛排、豬排、魚、乳鴿、鴨……輪換，有天竟還有龍蝦哩！大夥兒好興奮，面對美食，不吃似對不起自己。猶豫、掙扎之際，看看每個人都在大快朵頤，算了，意志力不堅的我還是跟進，減肥就留待以後再說吧！

用餐至一半時，節奏輕快的音樂響起，所有侍者暫停手邊工作，隨著旋律，邊繞場、邊舞動手中的餐巾。就這麼簡單的動作，卻激起全場的熱烈回應，大家興致高昂地替他們鼓掌打著拍子，炒熱了度假氣氛。心中沉寂已久的細胞被熱情洋溢的音樂喚醒，在全身蠢蠢欲動，我恨不得衝上前去，與他們共舞。

每天節目緊湊，不只安排大人的娛樂活動，連小朋友的也貼心安排好，讓大人可以放心地玩。專業的歌舞表演、脫口秀、酒吧裡的鋼琴演奏……甚至開個舞會，讓遊客們雙雙對對，在那種浪漫的氛圍下，情不自禁地隨著音樂擁舞，尋回遺忘已久的往日的甜蜜情懷。

除了在船上，也可下船去看不同的景點。船共靠了四個港口。我們在 Grand Cayman 坐了潛水艇，到水深近百呎的海底，觀看難得一見的各種魚類生物；在 Cozumel 包個出租車環島遊；在 Belize 僅重點古蹟遊；在 Costa Maya 就躺在岸邊沙灘的涼椅上，看藍天白雲、看海水沖打岩石激起層層的翻白浪花。那時刻，放空腦子，悠哉遊哉，什麼都不想！

行程快近尾聲時，遊輪公司來個特別節目。午夜時分，看冰雕及品嚐極富創意且造型獨特的各種精緻美食，哪捨得先吃？大家拿起相機猛照。對那隻栩栩如生的冰雕龍我情有獨鍾，真擔心在熾熱的燈光及眾人凝聚的熱氣下，它會快速消融。於是拍了好多張特寫，它的英姿不只留存鏡頭下，更留存於我心底，那可是永不融化！

時光飛逝，遊輪駛回出發地港口。回首這七日遊，大家都心滿意足。深深體會經營者處處用心，務使顧客歡欣滿意，實深諳生意興隆之道。同理延伸，我們雖非大企業家，但做任何事時，如抱持同等精神——處處用心，何愁生活中所期待的目標不能達成？

請參照書前附圖二　冰雕龍。

瑟多娜行

久聞隔鄰亞利桑那州瑟多娜城（Sedona）的盛名，不只是山石壯麗，那兒的磁場特強，許多篤信宗教的人士都喜歡前往感受一番。數年前的一個長周末，大夥兒相約，駕車朝此城長征去。

黎明時分，六家人分乘四輛車，帶著愉悅的心情浩浩蕩蕩出發。沿著四十號公路往西前行，駛入亞利桑那州後，首先開向化石森林國家公園（Petrified Forest National Park），好一睹化石風貌。一進公園，映入眼簾的是一大片遼闊的黃土高地，廣袤無邊地延伸至天際。

億萬年前，這片高地曾是水草豐美的平原。有高聳入雲的松樹、似鱷魚的冷血動物、能吃水陸兩棲動物的巨魚及小恐龍等。可是這些經過地層的變動、擠壓、風化……，如今皆已成化石，默默佇立於蒼穹下。

地層中，被埋入地下的樹木，其樹幹周圍的化學物質如二氧化硅、硫化鐵、碳酸鈣等，在地下水的作用下進入到樹木內部，替換了原來的木質成分，保留了樹木的形態，經過石化作用後，形成了姿態各異的木化石。細瞧木化石上一道道的紋路，深刻著歲月的痕跡，似在向往來的遊客們訴說著昔日的點點滴滴。剎那間，心中驟然興起了宇宙洪荒、白雲蒼狗之嘆。

一進入瑟多娜，就被紅色泥土及形狀奇特的山岩所吸引。於旅遊中心的簡介中得知，一九〇一年，姓「施寧柏立」的賓州夫婦（Theodore Carlton Schnebly and Sedona Miller Schnebly）移居來此，買下了八十畝地，開雜貨店及旅館。翌年，以其姓氏「施寧柏立」為郵局名，申請在此設立郵局，但被華盛頓的郵局總長以名字太長而拒絕。其弟建議：「何不改用你太太名字——瑟多娜（Sedona）？」他一聽，既簡單，又是他所愛女人的名字，當即採納，提出申請，立蒙批准。此城就此定名為「瑟多娜」。

瑟多娜海拔四千五百呎，面積十八點六平方哩，人口現約一萬兩千人左右。氣候溫和，夏日沒有首都鳳凰城（Phoenix）及吐桑城（Tucson）的酷熱。許多影劇界的名人——黛比雷諾（Debbie Reynolds）、莎朗史東（Sharon Stone）、艾爾帕西諾（Al Pacino）都曾在此購置第二棟房產或休閒屋。此城雖小，但不乏影劇、藝文、音樂等活動，有為期五天的電影節（Sedona International Film Festival），來此參展的影片多達百部以上，還有爵士音樂節

（Sedona Jazz on the Rocks Festival），透過教育與表演節目，發掘年輕人爵士樂方面的才能。

步出旅遊中心，即至預訂的旅館投宿。那晚，踏著月色，在旅館附近隨意走走，將心沉靜下來，想感受一下磁場的威力。也許是靈氣不足，加上感覺一向不夠靈敏，絲毫覺察不出磁場的威力，可是周遭的寧謐，卻讓我覺得滿心安祥歡喜。

第二天早上，我們去了第一站——Tlaquepaque。西班牙式的建築，典雅中透著浪漫。四個院落中，有畫廊、手工藝品店、珠寶店及收藏品與禮品店。扶疏的花木、噴泉；青銅雕塑的人像與動物，栩栩如生且錯落有致地散佈其間；加上略顯斑駁的拱門，使古意與現代的氣息交相揉合，散發出獨特的魅力，耐人細細品味。

接著，我們開往山頂的教堂（Chapel of the Holy Cross）。從山下仰視，全面只見一扇窗，嵌著一個大十字架。蜿蜒上山後，方見教堂全貌。站在山頂，四周美景盡收眼底。未能免俗，拿出相機攝下遠處的白雲、青山、紅岩及近處的教堂。莊嚴肅穆的教堂內，傳出陣陣聖樂，同行中的教友們懷著虔誠的心，緊隨著其他遊人入內祈禱。

下一站到達橡溪村時，即見鈴鐺山（Bell Rock）了。它真是名符其實，像極了一口大鐘。山下有步道可行，聽說路上還能見到土狼、狐狸的腳印、長耳大野兔及蜥蜴的蹤跡。

可惜我們時間有限，未能走步道上山頂，領略山路風光。本想再深入滑石州立公園（Slide Rock State Park），順溪漂流而下，一嚐水花四濺的滋味，但天乾物燥，政府怕引起火災，關閉了公園。

五十多年前，好來塢許多電影曾在此公園及其附近取景拍攝：詹姆士斯都華（James Stewart）的《斷箭》（Broken Arrow），還有查理士布朗遜、約翰韋恩、洛赫遜等人各自主演的幾部西部片。會選中這兒，實因它的風景於雄偉壯闊中還蘊含著幾許秀麗。

大夥兒這次只是利用長周末淺遊，意猶未盡，下次有機會時，肯定多停留幾天，將景點一一走遍，來個深度遊。

回程，待車一駛入我們新墨西哥州時，明顯感到泥土顏色沒它們那兒紅，上天何其厚待亞利桑那州？我不停地尋思：僅是隔鄰，同樣的地理環境，當年瑟多娜的那麼多座山，為什麼沒能飛幾座過來？黃山不就有「飛來石」嗎？可轉念一想，近點兒的：我們有人文薈萃的聖塔菲及別樹一幟的歌劇院，稍遠一點兒的：還有名聞遐爾的白沙（White Sand）及卡爾思巴德（Carlsbad），上天是公平的，每州各有其特色，端看你心境是如何看待它。

轉念後，車窗外刷刷而過的風景，不再單調枯燥，十分感恩我們已擁有的！

翱翔在絢麗的天空

新墨西哥州素有「迷人之地」（The Land of Enchantment）之譽。它奇特的半沙漠景觀與豐富的多元文化吸引了世界各地的遊客前來觀光，但它蜚聲國際的卻是於每年十月的第一個星期六，在阿布奎基市舉辦為期九天的熱氣球嘉年華盛會（Albuquerque International Balloon Fiesta）。許多愛好熱氣球飛行的人都會前來共襄盛舉。

氣球節是州政府主要的收入來源，因此政府大力推廣。在佔地三百六十五畝的公園（Balloon Fiesta Park）內，撥出五萬九千平方呎，興建了氣球博物館（Anderson-Abruzzo Albuquerque International Balloon Museum）。這是以當年開創駕熱氣球飛越海洋與大陸的兩士著 Ben Abruzzo 與 Maxie Anderson 的姓來命名。該館介紹過去三十年來熱氣球活動的發展，以增進遊客對它的認識，並且許多以熱氣球為設計圖案的周邊產品也應運而生：胸針、書籤、拼圖、夾克、咖啡杯、運動衫、棒球帽、鑰匙鍊、購物袋、皮帶環扣等，甚至是汽車牌照，這些都在在加深了遊客對此州氣球節的印象。

清晨五點左右，遊人們排隊依序進入公園會場，看熱氣球如何升空。熱氣球由球囊、吊籃和加熱裝置三部分構成。球囊是採用耐熱堅實的尼龍布料做成；吊籃位於球囊下方，由籐條編製而成，著陸時能起緩衝的作用，內可載約四或五位的駕駛員與乘客；氣囊口採用防火的材質，內裝燃爐，吊籃四角放置四個石油液化氣瓶。工作人員首先在地上將球囊鋪展開，然後將吊籃與之連接，再用一鼓風機，將風吹入球囊，點火加熱，火焰有二到三尺高時，發出一聲巨響，沒多久，熱氣球便鼓立起來。燃爐將氣燒熱後，球內的空氣比周圍的空氣輕，於是氣球得以緩緩升空。

場內萬頭鑽動，氣氛非常熱烈。大家抬頭仰望，瞬間像朵朵彩雲飄浮於天地之間，各種設計新奇的幾百個氣球，呈現鋪天蓋地的氣勢，美得令人嘆為觀止。球囊除了傳統的淚滴形狀外，出現了許多造型特殊、顏色燦爛的創意設計，在空中爭奇鬥艷，吸引了眾人的目光：如乳牛、雛菊、海盜、辣椒、富國銀行（Wells Fargo Bank）篷車、羅馬建築與啤酒、莫斯科與北京間的東方號快車……等，充分展現了設計者的才華，不只給人視覺上的官能享受，更達到替公司廣告，以收商業的效益。難怪企業家們踴躍加入這全世界矚目的氣球節活動，冀望在浩瀚的晴空中，展現出有別於他人、且突顯自己特色的一件件絢麗藝術傑作。

氣溫與風向是決定熱氣球飛行成功與否的重要因素。阿布奎基市能成為此項活動的重鎮，是得力於它得天獨厚的地形與氣候。在日出後一小時與日落前一小時的風向最利於飛行。駕駛員操控氣球時，除了豐富的經驗與明瞭當時的風向與緯度外，還需靠點運氣。曾有人失控，氣球意外降至居民的屋頂；亦有因突起的大風，發生氣球掛住無線電的高塔，乘客險象環生地爬出吊籃，沿著塔柱小心翼翼地一步步下至地面的驚險鏡頭。

許多人嚮往駕駛熱氣球，可享受一覽無遺的藍天、白雲、大地及清風輕拂、空中漫遊的舒暢，但這需要執照才行。在美國，私人熱氣球駕駛員需十六歲以上，身體健康，有十小時的飛行時數，通過筆試、口試及實際飛行測試，聯邦航空管理局方發出證照。如係商業飛行，則需三十五小時的飛行時數（至少二十小時的氣球飛行，餘可為駕飛機時數），其餘條件皆與私人熱氣球駕駛員同。

金秋十月，陽光和煦，一簇簇熱氣球懸掛在淡金色的光影裡，將阿布奎基市一向安靜蔚藍的天空點綴得熱鬧繽紛。於此節日，願與大家一起分享一年一度翱翔在絢麗天空的熱氣球美景。

二〇〇七年十月，刊登於《藝術收藏＋設計》雜誌

冬遊聖塔菲

早春二月，春寒料峭，突然而來的一場雪給小城憑添了一份晶瑩亮麗，卻讓人感覺似又回到了冬季。

前年我們家搬離阿布奎基市城區，住到北邊郊外，與其毗鄰的另一城鎮，隔新墨西哥州的歷史、文化古城——聖塔菲（Santa Fe）不遠。趁著雪未融，來個冬日遊，油門踩踩，半個鐘頭就可來到素享盛名的州政府所在地——聖塔菲。

當我們從家裡出發，沿著二十五號高速公路向北時，路兩旁廣袤的土地上，起伏著綿延無盡的山丘。遠處山巔覆蓋著薄雪，連接著蔚藍的天，這片景緻真是好一個「遼闊」了得！頓使人心胸開朗起來。

每次到聖塔菲，我們都先至旅遊資訊中心（Tourist Information Center），將車停於此。由於是周末，無需受限於僅能停半個鐘頭的規定，可放心地在此東遊西逛，消磨整日。

記得第一次來時，旅遊中心的服務人員 Joe，展開黑人特有的笑容，露出一口白牙，如數家珍地熱情解說著，給我們留下極深刻的印象。走過無數城市的旅遊中心，從未見過有人像他這麼熱愛及享受這份一再重複解說的工作。有感於他的「樂在其中」，所以每回來時，我們都會先去跟這位已熟識的朋友「老黑爵」打個招呼，然後才去看看架上印刷精美介紹此城與鄰近景點的刊物。

聖塔菲人口雖僅六萬左右，但每年來此觀光的遊客卻多達一百五十萬。它集多元文化、藝術於一身，帶來的經濟收益高達十億。二〇〇五年，曾被聯合國教科文組織（UNESCO）評選為創意城市（Creative City），這是在北美第一個獲此殊榮的城市，難怪 Joe 的笑容中掩藏不住那份與有榮焉的驕傲。

街道上，各種繪畫、雕刻、陶器、珠寶、服飾、餐具、傢俬、織毯、家居擺飾等店應有盡有。許多的藝術家因喜愛這裡融合了西班牙、印地安土著那份瀟灑不羈、坦蕩自在、熱情卻又含蓄的氛圍，紛紛遷居於此，如眾所週知的 Georgia O'Keefee，她於一九二〇年代末，開始畫此地沙漠景象，後終在此置產定居。一九八六年去世，一九九七年，紀念她的博物館（Georgia O'Keefee Museum）成立，參訪遊客絡繹不絕。

步出旅遊中心，緊鄰著的是始建於西元一六一〇年的「聖邁可教堂」（San Miguel Church），每個星期天都舉行彌撒，是全美國至今仍在使用的最古老的教堂。這是西班牙殖民時期，由一批來自墨西哥的印地安奴隸在 Franciscan Padres 的領導指揮下建造的。一六八〇年，印地安部落發動叛變。暴亂中，教堂的屋頂被燒毀。一六九四年，新屋頂裝上，其餘陸續修補，直至一七一〇年完工，此時西班牙已再度佔領了聖塔菲。在此堂內，有一尊木刻的聖邁可雕像，慶祝戰勝了魔鬼撒旦。

沿著街道往北走，有一座以神奇的梯子（Miraculous Staircase）聞名的「羅瑞朵教堂」（Loretto Chapel）。教堂內旋轉而上的樓梯，不曾用一根釘子撐住，神蹟的傳說不逕而走，因此吸引了無數遊客到此參觀。其實建於一八八〇年，至今尚「無恙」，豈非已是神跡？它已不隸屬於羅馬天主堂，成為一私人博物館，對外開放，可於此舉行結婚大典。據來此參加過婚禮的人說：進入其內，那莊嚴、隆重、聖潔、震懾人心、兼具神秘的氣氛，教人一輩子難忘！

另一座為攝影者愛好而成當地地標的「聖法蘭西斯大教堂」（St. Francis Cathedral），位於聖塔菲廣場東邊一條街與聖法蘭西斯街盡頭交會處。歷經戰亂風雨，於一七一四年得以重建土坯式（Adobe）的小教堂，命名為 St. Francis of Assisi，內獻拜有一六二五年從西班牙帶來，如今是全美最古老的聖母像。一八五〇年，聖塔菲始有第一個主教——Father John Baptiste Lamy of France。考慮原先於一七一四年修建的老教堂不足以成為主教座堂，於是決定建一個羅馬風格的教堂。請來法國的建築師與義大利的石匠，於一八六九年開工直建至一八八七年。彩繪玻璃的窗子，描繪著十二門徒，是從法國運來。建此教堂所費不貲，雖然新教堂已啟用，但由於資金不足，教堂的雙尖塔至一九六七年方換新，一九八七年再加上新聖壇，二〇〇九年六月安裝上新鐘。二〇〇五年七月，教皇 Pope Benedict XVI，晉升此堂為 Basilica，此係天父所賜予的榮耀。Basilica 意為在羅馬或國外特別重要的教堂，因為它在傳播天主教的歷史上佔有重要地位之故。現此教堂正式全名為 Cathedral Basilica of St. Francis of Assisi。

看完教堂，能吸睛的還是擺放在櫥窗內的珠寶首飾。一片耀眼絢麗中，我最喜愛代表此地色彩的土耳其玉（Turquoise）。想像全身穿著一襲黑衫裙，戴上寶藍色的土耳其玉項鏈與手鐲，多麼冷豔！

曾在介紹此地珠寶的雜誌上看到過這樣的畫面：星光暗淡的夜空中，一串金燦的項鏈上，懸掛著一顆似明月般亮眼的藍寶石墜子，在項圈中印著：忘掉星星（Forget the Stars），在藍寶石墜子的下方印著：給她月亮（Give Her the Moon）。哇！多美的廣告詞！如果身邊的男士摘下此月亮，獻給身旁的女士，有哪個女人會不心動？

除了珠寶，千萬別錯過觀賞店內外展出的青銅雕刻與畫廊的畫，那是藝術家們的心血結晶，每次都讓我流連忘返。還有線條簡單流暢、構圖樸拙的陶罐。對了，還有服飾！那些帶有吉普賽風味的披肩、長裙、馬靴、寬皮帶，立刻讓我聯想起三毛，彷彿她正穿著它們，佇立於撒哈拉沙漠的塵埃中。連帶地，她的故事也在我眼前跳動。想著她早已化為沙漠中的粒粒細沙，或塵土飛揚中的一縷輕煙，飄浮於她愛戀的沙漠上，心中就不甚唏噓。

信步來至仍有積雪的聖塔菲廣場，樹梢的聖誕燈串尚未取下。夏日，這裡會舉辦西班牙市場和印地安市場，熱鬧極了。如今只見一片清冷，三三兩兩的遊客避開廣場的空曠，閒逛於擺著地攤的走廊簷下。那些擺地攤的印地安土著多半用毯子護蓋著下半身保暖。淡季中，他們不曾指望遊客掏腰包買串項鏈、耳環等銀飾，就這麼以淡淡的眼神，看著遊客淡淡地來去。

臨近廣場的歷史博物館於去年五月新成立，還有新墨西哥州博物館亦於去年慶祝成立一百週年。在聖塔菲約有二十個博物館，對此有興趣的人可有福了。

累了，彎進幾佔一條街的酒店 La Fonda on the Plaza 歇腳兼取暖。這是一座四星級酒店，已有四百多年的歷史，可算是美國最古老的酒店。一六〇七年，西班牙創建聖塔菲城時，就有了它。幾度易手，現今的酒店一九二二年時於原址重建。我喜歡它挑高的中庭，用來做主餐廳，寬敞舒適，與酒吧、自助餐廳間隔開。二樓牆壁還環有早期婦女的生活圖畫，看來賞心悅目。旺季時，單／雙人房間費用一晚約兩百至四百元，淡季約一百元左右。酒店內附設多個禮品店，不出大門就可在裡面逛逛，看是否有合意的禮品捎給親友？

如不想在這兒用餐，廣場附近還有披薩、漢堡、中餐、日本料理、泰國餐……，當然還有富此地風味的墨西哥餐，任憑君選。剛搬來時，很不習慣墨西哥食物，現在可不一樣了，如出城一陣子沒機會吃它，準會想念那餐前侍者先端上來，咬起來喀滋響的玉米片沾騷沙醬（salsa），沾酪梨醬（Guacamole）也很美味，加上濃郁辛辣的牛肉、豬肉、或雞肉正餐，最後侍者送上香酥的薄餅 Sopapillas，淋上蜂蜜，可口極了，正好與胃裡翻騰的青、紅辣椒來個中和。

轉幾個彎，赫赫有名的峽谷路（Canyon Road）在望。在西班牙人居此時代，它原是住宅區，許多古老的土坯式房子，可遠溯至一七五〇年。一九二〇年代，許多的藝術家定居於此後，它成了文化區。難以置信：兩哩長的狹路上，竟有上百家的畫廊、畫室、服飾、珠寶、餐廳等店！每間畫廊都有不同的風格——現代、抽象、印象、民俗、土著藝術……。

如果說聖塔菲是新墨西哥州引以為傲的桂冠，那麼峽谷路肯定就是這桂冠上一顆璀燦的鑽石了。

天色已晚，該回家了。飽覽豐盛的文化藝術饗宴後，心裡漲滿了幸福快樂。何其有幸，能居於這福天寶地！不管來過多少次，對它依舊十分眷戀。我知道，我會再來的，再來這裡浸潤滋養我的靈魂！

請參照書前附圖三　聖邁可教堂。

絲路花雨

從絲路回來已四年多，其中的片片段段，依舊不時縈繞心懷。

記得在西安，行行復行行，大夥兒尚沉醉在大唐盛世，西安導遊卻不得不按行程，將我們送往下一站，「美麗大草原」的新疆首府——烏魯木齊。飛機誤點，抵達時已是凌晨兩點許。帶著歉意，我們隨等候多時的當地導遊小李步出機場。夜涼如水，四周靜無聲息，只有一輪皓月伴著我們。此情此景，「秦時明月漢時關」及「古月照今塵」的句子悄然浮現心頭。

隨後入住五星級旅館，可惜才睡三個鐘頭，我們就得起身。小李已有二十幾年的帶團經驗，一路上，熱誠地為我們解說新疆及旅遊景點的地理環境、人文背景等。她渾忘疲累，恨不得傾其所知，方不負我們萬里迢迢來此。

新疆全名是新疆維吾爾自治區，維吾爾語是「團結聯合」的意思。面積佔中國的六分之一，是中國最大的省份。北有阿爾泰山；南有阿爾金山與崑崙山；天山居中，將新疆一分為二。準噶爾盆地在北；塔里木盆地在南。還有中國最大的沙漠——塔克拉瑪干沙漠與大幅度的雅丹地貌。因氣候乾旱，他們運用智慧，引天山雪水來灌溉，將塵沙滾滾的大地開闢成瓜果之鄉。看得出來，政府怕他們鬧獨立，花大把錢建設。

第一站來到天池，又稱瑤池，傳說王母娘娘宴請群仙的蟠桃盛會便設於此。天池一名來自清代，取「天鏡，神池」之意。其東南面就是意為聖山的博格達峰，四周雲杉環擁，風光如畫。峰頂白雪皚皚，與澄碧的湖水相互輝映，構成了懾人心魄的自然景觀，難怪享有「天山明珠」的盛譽。

下午我們參觀坎兒井——即先人引用雪水灌溉，為避免流失與蒸發，而發明的地下水利工程。與萬里長城、京杭大運河並稱中國古代三大工程。坎兒井長的可達二十公里，短的只有一百米左右，共有一千五百條之多。

結束這知性參訪，小李帶我們輕鬆一下。黃昏時分，坐在寬敞的院中，欣賞台上的男女演員，頭戴傳統小帽，身穿鮮艷服飾，載歌載舞。幾曲過後，他們步下台來，邀請我們上場與他們共舞。先生是領隊，一馬當先上了台。我害羞，假裝忙拍照。其他一些團員陸續上去，隨興款擺。先生卻認真學著新疆舞的特色，中規中矩地搖頭擺腦。他們一看先生是「可堪造就之材」，選中他，來個特別節目。

三位女演員，爭相環繞著他，左旋右舞，表露「愛意」。他必需用嘴銜起地上的花，獻給其中一位。因不能屈膝，只得闢開雙腿，邊舞邊低下身子。他賣力演出，罔顧當年腰骨曾因從高處跌下受過傷。大家情緒越來越高亢，隨著音樂節拍，邊擊掌，邊鼓噪喊著「彎腰，再彎腰！」他終於頭垂到地，口裡銜起了那朵花。

此時，女演員們趕緊嫵媚地舞近他，先生望著她們，猶疑著，該把這朵花給她們中的誰好呢？大家替他著急。突然，他來個大轉身，步下台來，朝我一鞠躬，把花獻給了我。啊！這實在是個意外驚喜。擱下相機，手握著花，我暈陶陶地說「謝謝！」聲音卻淹沒在大夥兒鼓掌叫好的震天聲浪中。

這個浪漫的插曲，彷彿是絲路遊上的花雨，遍灑我心田。一路上，滋潤著我、伴隨著我，走完這荒涼的大漠行程。

周王城天子駕六博物館

以為一到洛陽就直奔牡丹園，經驗豐富的地陪說：「今天是陰雨天，不適合看牡丹。氣象報告，明天會是晴天，我就把今明行程對調，先帶諸位去看周王城天子駕六博物館。」

大部份的團員一臉茫然，地陪趕緊解說：「這座博物館位於洛陽市中心的王城廣場，東周王城遺址區的東北部，是一座以原址保護展示的東周時期大型車馬坑為主體的主題博物館。」

趁遊覽車尚未駛抵博物館，她進一步介紹讓她倍感榮耀的家鄉——古都洛陽。因位居天下之中，山川形勝甲於天下，洛陽遂成為歷代立國建都的首選之地和兵家必爭之地，洛陽地名也隨著朝代更迭和疆土爭奪而屢有變化。戰國時，始有雒陽之名。洛河古時名雒水，其位居雒水之北，「水北為陽」，故名雒陽。公元前七七〇年，周平王在內亂與外患的雙重交迫下，東遷洛邑，建都於王城，揭開了東周時期。東周王朝經歷了二十五王的起落浮沉，綿延了五百一十五年。洛陽先後有夏、商、西周、東周、東漢、曹魏、西晉、北魏、隋、唐、後梁、後唐、後晉十三個王朝建都於此，累計建都時間長達一千五百餘年。悠久的歷史，燦爛的古代文明，給洛陽留下了豐厚的文化遺存。中國古代的四大思想流派無一不與洛陽有密切的關係。道家經典創作於此，儒家經典集成於此，釋教佛學發展於此，伊洛理學淵源於此。這些長期處於統治地位的思想的形成與發展，使洛陽在中國文化發展史中佔有突出的地位與重要作用。她興致勃勃地說完，正好目的地也到了。

一踏入博物館，館內即有專業人員領著我們步向展區，她邊走邊講解。整個博物館佔地一千七百多平方米，為下沉式結構。分為兩個展區：第一展區有四個板塊，一是洛陽地區五大都城（即分佈在洛河沿岸的二里頭遺址、偃師商城、東周王城、漢魏故城、隋唐洛陽城）與當代洛陽相互位置關係的圖版；二是東周王城概況；三是王陵的探索與發現；四是珍貴的東周文物。

看完第一展區，向西穿過一段走道，便進入了第二展區——東周時期大型車馬坑展區。這裡展示的是二〇〇二年十月，建設城市中心廣場時，在一點六萬平方米的範圍內，考古工作者發現的驚世東周時期車馬坑遺址。先後共發掘出十七座車馬坑，其中一座，長四十二點六米，寬七點四米，葬車二十六輛，殘留馬匹達七十匹，規模為國內少見。車馬呈縱向兩列的排放，宛如出行陣列的場面。最令世人矚目的是唯一一輛「駕六」的發現，以直觀清晰的形式印證了古文獻中有關夏、商、周時期「天子駕六」之說，這也是中國唯一一處原址展示的「天子駕六」。

天子駕六是古代禮制的一種行為，即皇帝級別的六匹馬拉的馬車。逸禮《王度記》曰：「天子駕六，諸侯駕五，卿駕四，大夫駕三，士二，庶人一。」大家緊跟著講解員，亦步亦趨，聽得津津有味，對古代駕車禮制有了初步的瞭解。看坑裡沉埋地下兩千多年只剩枯骨的馬匹，怎會排列得如此整齊？講解員說當初肯定被擊昏了，否則活埋它們時準會亂踹亂踢。

參觀完後，無庸置疑地感受到，洛陽市「周王城天子駕六博物館」以其精美的文物陳列，壯觀的車馬坑實景，向世人展示了古都洛陽悠遠的城建歷史、璀璨的物質文化，可是一想到古代帝王用活人活物殉葬的殘忍，心情沉甸甸地，一如館外陰霾的天。

請參照書前附圖四　周王城天子駕六博物館。

牡丹花情

僕僕風塵，剛從大陸旅遊歸來。去年底，大夥兒就商訂好今年參訪齊魯文化兼賞洛陽、菏澤牡丹的行程。念著牡丹花，一行二十人於四月十七日傍晚浩浩蕩蕩出發，興致高昂地前往觀賞歷代詩人、畫家、藝術家筆下不斷歌詠的「百花之王」。行前曾在李時珍《本草綱目》裡發現：「牡丹雖結籽而根上生苗，故謂『牡』（意為可無性繁殖），其花紅故謂『丹』。」

由於時差，加上在北京待了幾天，抵達洛陽時已是四月二十二日。地陪任小姐在洛陽機場接著我們時，就略帶遺憾地說：「牡丹花期甚短，你們要是早來一星期就好了。洛陽花會是每年四月十日至二十五日，現已近尾聲。」瞧我們一臉的失望，她接著說：「你們雖錯過滿城花似海、人如潮，可是有個園子搭了棚架，還是能讓你們領略到牡丹花動人的風韻。」唐朝詩人劉禹錫的名句「唯有牡丹真國色，花開時節動京城」的景象頓時浮現腦海。

身為洛陽人，任小姐驕傲地告訴我們有關牡丹的一則神話。傳說武則天有一天在京城長安的御花園裏，下詔令百花一夜齊開放。花仙子們懾於武則天的神威，果然一夜之間花開滿園，唯獨牡丹仙子蔑視權貴，抗旨忤上，拒不開花。武則天大怒，下令將牡丹逐出京城長安，貶於東都洛陽。看不出外表嬌艷的牡丹，竟有勁骨剛心的一面。

進了「神州牡丹園」，園內瀰漫著一股淡淡的清香，令人心曠神怡。看一簇簇盛放的牡丹雍容華貴、千嬌百媚、秀麗多姿。有的俏立枝頭，似極目遠眺；有的低垂粉頸，似含羞帶怯；有的舒展花瓣，似欲乘風歌舞；有的靜臥沉思，似醉還醒於朦朧間。滿園姹紫嫣紅、潑墨灑金。在陽光下，那份溢光流彩，襯得白色的牡丹更加晶瑩潔淨，豆綠的牡丹更是端莊嫻靜。

「洛陽牡丹甲天下」，實名不虛傳。由於洛陽地處河南西部高原，是一小盆地，土壤、氣溫、雨量皆適於牡丹的栽種。追溯歷史，牡丹在洛陽生根，始於隋代，盛於唐代，昌於宋代。唐《海山記》中記載，隋煬帝在西苑（今洛陽西苑公園一帶），詔易州進二十箱牡丹，有醉顏紅、雲紅、一拂黃、顫風嬌……等品種。不只是皇家園林，達官顯要家也引種栽培，於是牡丹的數量和範圍逐漸擴大，並形成集中觀賞的場面。

唐朝時，社會穩定，經濟繁榮，牡丹種植已遍及民間。至宋朝時，栽培技術更加完善，還出現了一批理論專著。這其中有歐陽修的《洛陽牡丹記》、周師厚的《洛陽牡丹記》及

《洛陽花木記》、陸遊的《天彭牡丹譜》等。《洛陽花木記》中載：「凡栽牡丹不宜太深，深則根不行，而花不發旺，以瘡口（根莖交接處）齊土面為好。」由此可以看出，當時對牡丹的栽種已十分講究，這也許是洛陽牡丹能夠甲天下的原因之一。

明清時，牡丹的栽培範圍已擴大至安徽的亳州、山東的曹州、北京、廣西的思恩、黑龍江的河州等地。現在洛陽、荷澤等地更進一步成立了牡丹專業的科研機構——牡丹研究所。

洛陽牡丹中的極品，是姚黃和魏紫。姚黃俗稱花王，出於宋代洛陽姚家，千葉黃花，色鮮潔，瓣如著蠟，光彩照人。古時姚黃很少，如今市場已有成片種植。魏紫俗稱花后，亦出於洛陽，是後周宰相魏仁溥培育，花大如盤，十分艷麗，當時人們想看一眼，得掏十數錢，是最早收「門票」的牡丹。

中國歷代文人詠牡丹的詩詞就有四百首，其中較為人知的是李白奉詔而作的新樂章〈清平調〉三首，當時唐玄宗和楊貴妃正在宮中賞牡丹花。

詠白牡丹：

雲想衣裳花想容，
春風拂檻露華濃。

若非群玉山頭見，
會向瑤台月下逢。

詠紅牡丹：

一枝紅艷露凝香，
雲雨巫山枉斷腸。
借問漢宮誰得似，
可憐飛燕倚新妝。

最後一闋：

名花傾國兩相歡，
常得君王帶笑看。

解釋春風無限恨，
沉香亭北倚闌干。

將楊貴妃的羞花之貌與牡丹的嬌艷描寫得淋漓盡致，人、花相互交融。

唐朝皮日休的「落盡殘紅始吐芳，佳名喚作百花王。競誇天下無雙艷，獨佔人間第一香。」自此讓牡丹有了花王封號。

唐朝李正封有句：「天香夜染衣，國色朝酣酒。」後人遂以國色天香來讚譽牡丹。除了「國色天香」，民間尚有「富貴花」之稱。這讓我想起在台時，曾在台北歷史博物館觀賞享譽畫壇的姚夢谷大師在他所繪的牡丹花上題寫——「天生麗質難自棄，厭煞人稱富貴花。」當時這句題字就給了我極深刻的印象，至今難忘。

離開河南洛陽，至山東菏澤曹州園賞牡丹。它是世界上面積最大的觀賞園，佔地近兩千畝，有一千多個品種，園內景點有三十餘處。可惜又晚了幾天，只剩零星幾朵牡丹點綴在寬廣的園中，讓人深深體會「花開堪『看』直須『看』，莫待無花空『看』枝。」

逢花期時，百萬株競相開放，五彩繽紛，爭奇鬥艷。令人目不暇接及國內外遊客絡繹不絕的盛況，現在只能靠想像了。景觀雖多處，但吸引我的卻是國花館景區內擺放的十二座花神青銅雕塑。我特意為每月花神銅雕照了相，可惜一出園子就忘了誰是誰，只記得四月牡丹花神是楊貴妃，因唐朝崇尚豐滿，楊貴妃體態豐腴，膚如凝脂，堪比雍容華貴的牡丹花。多虧地陪黃小姐幫我查出：正月梅花壽陽公主；二月蘭花屈原；三月桃花息夫人；四月牡丹楊貴妃；五月芍藥蘇東坡；六月荷花西施；七月秋葵李夫人；八月桂花貂嬋；九月菊花陶淵明；十月芙蓉花蕊夫人；十一月山茶王昭君；十二月水仙洛神。能得後人雕塑，有了封號，也不枉這些花神們對花的一片痴心了。

園門口，有老嫗兜售由各色牡丹編成的花環，有位女團員買了一個，戴在頭上留影，並要其他女團員都輪流戴上拍照，來張人與花共嬌的紀念。另有幾位買了數扎含苞欲放的牡丹，不管沿途該如何照料，只是當時捨不得拋下，心中只念及：一路上能多賞一天是一天！

遊覽車載著我們前往泰安。賞牡丹花之旅雖結束，但遊覽車上卻滿溢著那數扎花苞的香氣。三個小時的車程，將大家陸續搖入了夢鄉。幽幽的花香伴著我，睡夢中，恍見湯顯祖「牡丹亭」中的花神們蓮步輕移，裙裾生風，裙擺若水波般靈動，披風亦隨之飄飄揚揚，痴情的杜麗娘正與柳夢梅幽會於牡丹亭畔……。

東京煙雲話開封

四月的大陸行，雖說是賞洛陽牡丹之旅，但來到河南，焉能不去這令我心心念念的古城開封？行前，甚至打開書，重溫一遍它厚重的歷史及悠久的文化背景，以便親臨時，將古今交相印證融合，讓古城曾有過的風華在心底一一重現。

七朝古都城疊城

開封之名源於春秋時期，因鄭國莊公選此地修築儲糧倉城，取「啟拓封疆」之意，定名「啟封」。漢景帝時，為避其名劉啟之諱，將啟封更名為開封。先後曾有戰國時期的魏，五代的後梁、後晉、後漢、後周，北宋和金建都於此，迄今已有兩千七百餘年。

北宋時期，開封（史稱東京）為宋朝國都長達一百六十八年，歷經九代帝王。東京城周闊三十餘公里，由外城、內城、皇城三座城池組成，人口達一百五十餘萬，是一座氣勢雄偉，規模宏大，富麗堂皇的都城，成為中國政治、經濟、文化中心和繁華的世界大都會。北宋畫家張擇端繪製的巨幅畫卷《清明上河圖》，生動形象地描繪了東京開封城的繁榮景象。北宋也是繼唐代以後科技、文化、藝術發展的又一鼎盛時期，創造了一代輝煌燦爛對後世影響深遠的宋文化。

宋代政治制度中，設有四個「京府」，它們是東京開封府（河南開封）、西京洛陽府（河南洛陽）、北京大名府（河北大名）、南京應天府（河南商邱）。四京府中，又以東京為首都所在，地位更顯特出。以府作為政制單位大約始於唐代，在唐以前是行州、郡之制，其下轄縣。宋代的府、州、軍、監是屬同一級的政制單位，但府在同級中是最高的。而京府則不屬地方政制，屬中央直轄單位，類似今天的院轄市。

通常古代的首都較注重地勢的險要，《易經》上說：「地險、山川丘陵也，王公設險以守其國。」開封實在不是個地勢良好的城市，它位於黃淮平原，暴露在黃河邊的一片平地，除黃河外沒有任何屏障。遼人的敵騎一度過宋、遼分界的白溝河就直抵開封了，它幾乎完全沒有國防線可言。在形勢如此不利下，仍建都於此，實是看中它漕運的便利。因為據此可以維持北方國防所需，也就是形成國家以兵力來維護安全；兵力則靠糧草、物資來維持，而糧物是以漕運來充實，而開封正是漕運的中心。

北方戰火頻仍，長安、洛陽一帶破毀極重，生產已不能維持，幾全仰賴南方的供應。這些物資經由揚州北上，沿隋煬帝所造的通濟渠到開封，再由河渠通黃河，沿河可往洛陽、長安。若接連黃河的渠道淤壞，轉運就得靠陸路，所耗費的人力、財力、時間甚鉅，戰亂時期根本無此能力轉運至洛陽，長安更是無望，開封就是終點站了。由此可見，唐、宋的國運是與運河分不開的。可惜因國防空虛而大量養兵，大量養兵勢必帶來財政上的沉重負擔，天下的民力終究會有消耗殆盡的一天。國力因此日漸衰微，東京曾有過的繁華盛景，終如過眼雲煙，消失在歷史的塵埃裡。

而今，站在開封街上，撫今追昔，心中焉能不浮起悲涼之感？當導遊告訴我們，古時候的開封城已深埋我們腳底下，而非我們現在所站立之地時，不禁令我們大吃一驚。

原來考古挖掘發現，在距黃河僅七公里的今日開封市地下，一層一層地掩埋了春秋戰國時代以來的至少七座古城。黃河洪水泛濫多次使古城開封遭受滅頂之災，洪水過後，泥沙淤積，人們便在原址上疊床架屋，重建家園。掩埋在泥沙深處的這一系列古城，就「疊羅漢」般疊加起來。每往下挖掘一層，歷史就回溯幾百年，開封地底堆積的是王朝更替的歷史。根據文物勘探，在十一米到十二米深處仍有人類文化活動的遺跡。

從古代的國都到今天的城市，開封的奇蹟在於城址始終不變。北宋國都東京開封府的御街位置，相當現在開封市中心的中山路。這就是說，一千多年來，在古開封之上疊加起來的開封市，南北中軸線居然沒變。從春秋戰國的烽火，到五代十國的硝煙；從北宋後期的黃河大洪水，到明末天下大亂中水淹開封府，兩千多年來，黃河泥沙在古城開封淹沒的，豈止是有形的城市，而是一部沉重無言的歷史。

鐵面無私包青天

腳踏著這部「沉重無言的歷史」，一行人來到了包公祠。坐落在城內碧波蕩漾、風景如畫的包公湖西畔，是為紀念古代著名清官包拯而重建的。

祠堂坐北朝南，堂前匾額寫著「公正廉明」四個大字。祠內陳列一塊石碑，上面鐫刻著北宋歷任開封知府的名字，諸如：范仲淹、歐陽修、寇準……等等。大家開始尋找包拯的名字，但導遊指著石碑中間凹陷的地方說：「包拯的名字就在這裡。」因為千百年來人們敬仰包公的大名，在觀賞石碑時，經常指指點點，竟將包拯的名字指塌了，在堅硬的石頭上磨出了深坑似的印痕。名下依稀可看到「嘉佑二年三月龍圖閣直學士」的字。

包公祠是一組仿宋風格的古典建築群，氣勢宏偉，端莊典雅。內有主展區及園容風景區等。主展區內有大門、二門、照壁、碑亭、二殿、大殿、東西配殿。以文物、史料典籍、銅像、蠟像、模型、拓片、碑刻、畫像，全面詳細的介紹了包公的生平歷史，展示了包公的清正廉明。進入大殿內，一看到包公銅像，心中頓時響起「開封有個包青天，鐵面無私辨忠奸……」的唱詞，鏗鏘有聲地配合著他為民申冤家喻戶曉的故事，在腦海中播放。

以為包公是個威風凜凜、鐵面無私、一身凜然正氣、日斷陽夜斷陰，遊走於陰陽兩界斷案的大黑臉，沒想到畫面上的他竟是個白臉，一副儒雅書生的模樣，徹底顛覆了他在我心中曾有的形象。

在殿兩旁陳列著反映包公真實生平和清德美政的歷史文物與典籍。其中他於晚年留下的家訓——

> 後世子孫仕宦有犯贓濫者，不得放歸本家，亡歿之後，不得葬於大塋之中。不從吾志，非吾子孫。仰立刊石豎於堂庭東辟，以詔後世。

充分刻劃出他嫉惡如仇、清正廉潔的高尚品格，較之於現今許多為政者的貪婪，真想將這令人萬分景仰的包公起於地下，再次為官，好警惕這些貪贓枉法者。

穿過月洞門，來到園容風景區。除了四時花樹、假山與奇石的點綴外，引人注目的是石雕、噴泉、瀑布、小橋的穿插其間，這份藝術的巧思給包公祠剛毅的形象添了分婉約靈秀。

步出包公祠，與導遊並肩走在御街上，她娓娓訴說著：「開封歷經這麼多代的戰亂，它終於累了，躺在中原的腹地上沉沉睡去，靜寂得幾乎被人們遺忘，但時代的腳步聲將它驚醒了，這個歷史古都如今展現出新的風采。」

她突然提高聲調，掩不住喜悅地說：「現在的開封煥發出新的活力——那高亢激越、古樸醇厚、委婉明麗的汴梁音韻；色彩鮮艷、線條古拙粗獷、情景人物安排巧妙的朱仙鎮木版年畫；繡工精致、針法細密、格調高雅、立體感強的汴繡；『十月花潮人影亂，香風十里動菊城』的絢麗秋菊；曾產生過『蘇、黃、米、蔡』四大書法派系，書法繪畫不斷創新，現有國家級書協、美協會員近百人，它的翰園碑林已成為集詩、書、畫、印於一體的藝術寶庫。因此開封享有『戲曲之鄉』、『木版年畫之鄉』、『汴繡之鄉』、『菊花之鄉』、『書畫之鄉』等美譽。」

「如今在包公祠、宋都御街、清明上河園、翰園碑林、開封府、龍亭湖、包公湖、鐵塔、禹王台等景區，於重大節慶日，甚至能看到舞獅、盤鼓、高蹺、旱船等豐富多彩的民間藝術。還有許多中外如織的遊人流連於燈火輝煌的鼓樓夜市，興致昂然地去品味挖掘開封的魅力。」聽著聽著，我的心不禁隨之熱了起來。

夜市名吃滿口香

旅遊時除了觀賞美景外，就是兼探訪當地的傳統美食小吃。在《東京夢華錄》裡描述的京城夜市：夏天裡，清涼的吃食紛紛上市，有麻腐雞皮、冰雪冷丸子、水晶皂兒、荔枝膏、梅子薑、芥辣瓜兒、香橙丸等。冬天時，熱烤食物較多，有盤兔肉、野鴨肉、旋炙豬皮肉等，這夜市通常要鬧到三更天。

此外，正式的酒樓也相當多，一般皆在門口用綵帶結成一道「歡迎」之門，這在張擇端的《清明上河圖》中可清楚看到。有的酒樓佈局較特別，除有百餘步長的主廊，在天井兩邊的走廊還設有房間。傍晚時分，點上燈火，一片光燦。妓女們個個精心妝扮，彩衣飄飄，彷若仙女，聚集在主廊檐邊，等待酒客的召喚。

這讓我想起京城名妓李師師來，她與宋徽宗、周邦彥間的三角戀情，膾炙人口，流傳至今。周邦彥的那首〈少年遊〉——

并刀如水，吳鹽勝雪，纖手破新橙。錦幄初溫，獸香不斷，相對坐調笙。低聲問：向誰行宿？城上已三更。馬滑霜濃，不如休去，直是少人行。

於今四月天，雖不見「馬滑霜濃」，但那份細膩婉約的情，依舊緩緩在心中流淌。

望望現矗立於街旁的酒樓，該只是純吃飯的餐館吧？至於那些個吃食，證諸於導遊，年輕的她似乎不全然明白，只說現在較有名的大菜是鯉魚焙麵，是炸過的拉麵和糖醋餾魚搭配起來。這麵拉得非常細，又稱龍鬚麵。講究「先食龍肉，後食龍鬚」。而傳統美食小吃有陳留豆腐棍、花生、大棗、桶子雞、五香風乾兔肉、黃燜魚、冰糖熟梨、江米切糕、杏仁茶、羊肉炕饃、炒涼粉等。

礙於時間及既定的安排，導遊僅帶我們去了「開封第一樓」，品嚐久享盛名的小籠灌湯包。還一再重複地告訴我們吃小籠灌湯包的口訣：「輕輕提，慢慢移，先開窗，再喝湯，一掃光，滿口香。」學著口訣的吃法，每個人吃得意猶未盡。覺得它誠如導遊誇的「軟嫩鮮香，潔白光潤，提起像燈籠，放下似菊花。」開封第一樓的小籠灌湯包，果然名不虛傳。

大家心滿意足地走出開封第一樓，坐上遊覽車。導遊說開封遊就此結束，要將我們送往下一站——山東菏澤。很遺憾在開封我們還有很多地方沒去呢。只好不捨地將東京開封過往的繁華煙雲、今日的璀燦風韻，一併鎖在深深的凝眸裡。

有情天地——親情

泛黃的剪報

七年前，許媽媽邀請母親返台，相偕共赴大陸一遊。母親原憂心沒人照顧父親，後接受我的提議——從加拿大飛往台北途中，先經美國，將父親帶至我這兒，由我來照顧他老人家一段時日，她這才放心前往。

父親見了我，從口袋掏出皮夾，拿出一張已泛黃且有摺痕的紙說：「沒給妳捎什麼禮物來，這是我保存多年的剪報，送給妳作紀念。」展開一看，斗大的標題「姐妹同營」映入眼簾，上還附有姐姐與我著軍裝的合照。這是我倆在大一暑假，參加「金門戰鬥營」時，接受當地記者「白雲」的採訪報導。屈指算來，已是四十多年前。不敢相信，父親竟將它貼身收藏了那麼久！望著泛黃的剪報，內心一陣激動。

父親如此珍視它，可見他多麼寶愛我們姐妹倆。那年暑假，父親送我們從台南住家到高雄，登上軍艦赴金門的情景，一幕幕展現眼前。還記得當時他左叮嚀右叮嚀，當我們是從沒出過遠門的孩子，他忘了姐姐與我已離家，分別在台中與台北唸大學。

船終於啟航了！我向佇立岸邊的爸爸不斷地揮手。他的身影越來越小，變成一個小點，終至完全消失。這時我方轉移視線，欣賞周遭景色。

遠處，天青、雲白、海藍；近處，無邊無際的海水，隨著前進的軍艦翻滾著白浪。艦上的官兵熱情款待我們這批興奮好奇的大專院校學生，帶著我們四處參觀。第一次乘船的我，覺得暈眩，雖極力忍著、壓制著，可是在胸腹內隨著浪頭翻攪的五臟六腑，終經受不住軍艦的顛簸搖幌，哇的一聲，我趴在船舷，對著海浪大吐特吐。過後，進入船艙躺下休息，別說是走動，到了用餐時間，也無力爬起。好不容易，熬到了金門。直至上了岸，奄奄一息的我才「活」了過來。

大夥兒住在因放暑假空出來的金門中學。女團員的營區，還掛著「木蘭村」的旗幟。每人發了套軍服，開始為期兩週的軍事洗禮，體驗前線戰地生活。如烈火般的驕陽，兜頭曬下，我們的細皮嫩肉沒幾天，就曬得黝黑油亮；每天汗如雨下，軍服是乾了濕，濕了又乾，都泛出了鹽白。混身散發出的汗味薰人，長這麼大，從沒這麼臭過。

看戰士們的演習、蛙人們的操練。他們一個個如生龍活虎般，認真做著每個動作。表演完，我們鼓痛了雙掌，大家一擁而上，與他們一一握手，表達我們真摯的謝意。我感動得好想為他們拭去混合著汗水的滿臉塵土，可惜沒這個勇氣，那年頭，還挺保守的。

沒來之前，以為金門是個不毛之地。沒想到公路兩邊栽種的樹及花木扶疏的「官兵休假中心」，讓我看到政府及全軍民為綠化金門所付出的努力。參觀於地下所鑿建的「擎天廳」時，我更是驚得目瞪口呆。它是座位於太武山腹的地下花崗石岩洞，長五十公尺、寬十八公尺、高十一公尺，可容納千餘人。寬廣高大的廳堂，不見任何一根樑柱支撐，顯得格外雄偉壯觀。僅用炸藥、簡單的機械工具，怎麼可能完成這麼艱鉅的工程？真是鬼斧神工，令人嘆為觀止。蔣中正總統在岩壁題字，命名為「擎天廳」，藉以勉勵官兵弟兄人定勝天。

我們曾在「毋忘在莒」石刻前，熱血沸騰地合照留念。還在大膽島上，遙望對岸，心中的激情，洶湧澎湃，至今難忘。那一彎淺淺海峽的隔絕，讓親人痛斷肝腸，以為這輩子再也無法跨越，當年哪會想到今日已能通行無阻？

短短兩週，在緊湊的行程下，匆匆而逝。好遺憾，才記來時，恰是歸時！各團員間剛滋生出患難與共如袍澤般的革命情感，不得不收起。臨別前晚，我們在「擎天廳」辦了場晚會，慰勞辛苦的戰士們。眾多的節目已不復記憶，唯獨葉同學表演的西班牙舞，令我印象深刻。在台上，隨著「蕩婦卡門」的音樂，她熱情奔放地舞著，渾然忘我，與台下柔弱羞怯的她反差甚大，讓人驚艷。

次日，我們念念不捨地向「木蘭村」及於炮火中屹立不搖的金門告別。

這一別，四十多年了耶！何時能再訪？望著這張滿載回憶的泛黃剪報，心中感受著父親濃濃的愛，啊！有什麼禮物比它更珍貴的？

守在病床前

一早，電話鈴聲劃破室內寂靜，長途電話中，母親惶急地告訴我：「妳爸爸住院了！」

昨晚父親直嚷股間鼓起的包好痛，夜裡十一點緊急送醫，直等到清晨六點，方有醫生來查看。除了疝氣外，還有一截壞死的腸子需動手術割除。母親擔心高齡已八十七歲且身子一向虛弱的父親，能否承受得住這開刀手術？醫生說：「開刀危險，不開刀頂多拖個七、八天亦危險！」母親問我：「是否接受開刀？」既然不開刀只能拖個七、八天，我回答母親：「開！」

忐忑中聞知手術順利，懸著的心才放下，母親又來電話：「妳爸爸呼吸困難，喉間有濃痰，需打洞抽出，要不要動手術？」她憂慮父親於兩個多月前突然失明，加上聽力早已退化，得貼近他耳朵大聲叫，方能聽見，要是喉嚨打個洞，自此不能講話，集盲、聾、啞於一身，豈不形同植物人？還好情況有了轉機，醫生處理後，給他換個大型氧氣罩，免了這一刀。

我將原訂於聖誕節飛多城團聚的機票提前，即刻前往探視。抵多城後，從機場直奔醫院。見父親全身插滿了管子，身上多處有針管戳過後留下的烏青淤血痕跡，我心好痛。緊握住他瘦骨嶙峋的手，顫抖地在他耳邊大叫一聲「爸！」他聽出我聲音，高興地喊：「霞兒！妳來啦！」

由於父親不會說英文，需人二十四小時看護，我來了可減輕家人的勞累。初始，由於傷口疼痛，又拉肚子，周身不適，他緊抓住床沿扶手大叫：「救救我吧！為什麼要這麼折騰我？快救救我吧！」他滿臉痛苦，無助地哀嚎，聲聲撞擊我心頭，面對形銷骨立的老父，我忍不住潸然淚下。

父親時而清醒，時而昏睡。清醒時，他嚷著：「我要起床尿尿。」我告訴他不用起床，有導尿管。他又嚷：「我要便便。」「沒關係，你包了尿片，就躺在床上便。」他羞赧地一笑說：「哎呀！我現在倒像個小娃娃一樣，拉在尿片裡。」昏睡時，他發出囈語：「要給我準備壽衣啊！去找人來量尺寸。那人怎麼還不來量？」又說：「我看見妳外婆了，還有妳舅舅。」其實他們早已作古，聽得我心裡毛毛的。明知大自然定律——萬物有生必有死，人從出生，不就是一步步走向死亡？無人能倖免。可是一旦臨到自己親人頭上時，依然難以去面對。

從小到大，從不敢仔細端詳嚴厲的父親。此次，藉著日夜守在病床前，我一任眼睛在他雙目失明的臉上毫無顧忌地梭視。驚覺：無情的歲月在他枯槁的臉龐犁下一條條的溝壑；手背上隆起的青筋糾結在鬆弛的皮膚下。可嘆昔日的英姿颯爽已隨似水光陰不捨晝夜地緩緩流逝，一去永不回了！

凝思間，瞧父親微微挪動一下身子，似乎醒了。我趕緊用浸透熱水後擰乾了的毛巾，在他臉上一邊輕輕來回覆蓋按拭，希望那熱氣能撫平如丘陵般起伏的皺紋、滋潤他皮陷骨突的雙頰，一邊在心中默唸他老人家日日要誦的「阿彌陀佛」，一遍又一遍……。

我要回家！

父親開刀住院期間，我們發現他比以前更虛弱了，幾乎不能單獨站立行走。他眼睛看不見，我們可以把東西放在他面前；耳朵聽不清，我們可以對著他耳朵大聲喊；唯獨不能走，我們毫無辦法，總不能替他走，這如何是好？

前陣子，當他眼睛突然失明時，我們急著帶他去看醫生，滴眼藥水、用雷射治，皆無效。看不見身旁的老伴與時來探望的兒孫及重孫們；不能看報打牌；不能下樓隨意走走，於他，不啻是晴天霹靂，生活一下子從亮麗跌入黑暗。

他開始摸著牆走。上洗手間，因為對不準馬桶，尿得到處都是。給他個尿壺，他說不好使。便意來時，來不及到洗手間，就拉在褲子裡，排泄物甚至從寬鬆的褲管掉落地上。母親每日忙著清洗，累得腰骨酸痛。給他穿上尿褲，他不習慣，偷偷扯掉。當我從美國趕赴多城照顧父親時，發現一向被人稱讚看起來年輕，不像有八十來歲的母親，驟然老了許多。

由於醫院缺病床，主治醫師說父親開刀的傷口已痊癒，須出院回家。可是父親的兩隻小腿，瘦得還沒常人的胳臂粗，似撐不住全身重量。一邊一人，扶著他走幾步時，兩腿竟無力地顫抖。這樣子回家，母親一人怎麼弄得來？

醫院社工幫他申請優先入住長期護理中心（Nursing home）。長期護理中心有專業人員照顧生活起居，我們放心多了。可是對於新環境，他十分抗拒，直吵著要回家。

母親雖心疼，但礙於他不能走路的現狀，實在無法接他回家照顧。因為父親失明後，在他漆黑的世界裡已分不清晝夜，勞累一天的母親經常被他半夜叫醒，不能好好睡個安穩覺。曾向社工探詢，申請護理人員來家照顧，但按規定：由於注重隱私權，需有單獨房間給護理人員住，而母親住處實無多餘房間，加上住長期護理中心的設備與照顧畢竟比家居來得安全，因而作罷。

擔心父親不習慣，第二天即前往探視。才出電梯門，還隔著長廊，就聽到他扯開嗓門在罵人。我急得三步併兩步跑去，父親像個小孩似地向我哭訴，他們不讓他回房躺下，坐在繫好安全帶的輪椅裡，動彈不得，已好幾個鐘頭了，他很不舒服。

我趕緊向護理人員反應，他們說按規定飯後必需在輪椅上坐一陣子，馬上回房睡下對身體不好。

但父親身體虛弱，不耐久坐。我請他們以漸進的方式進行，譬如第一天坐二十分鐘，過兩、三天再增至三十分鐘，讓他慢慢適應。

父親再度堅決地說：「我要回家！」極力哄他，將他手放在我掌中輕輕揉搓，他終於安靜下來。握著他枯瘦的手，那一刻，他的生命力彷彿一點一滴，緩緩地，欲從我指縫間流逝。

啊！眼睜睜看著，卻無能為力，多麼無奈！

天晚了，鬆開父親的手，我對他說：「好好睡，明天再來看您。」想必他已絕望，抑住微啟的唇癟著沒出聲。

我知道他想說什麼，轉過身不捨地離去，可他那句沒說出口的「我要回家！」卻直在我耳邊迴盪。很愧疚，就這麼點心願，都不能滿足他。積蓄一晚的淚水，在踏入電梯的剎那，嘩啦啦流下。

老有所養

秋末冬初的多城，陽光和煦。迎著晨曦，於清冷微風的輕拂中我步向醫院，探視開刀住院的父親。

父親的傷口已拆線，不過人依然虛弱無力。我輕輕給他按摩，從頸部、雙肩至手臂、指尖，進而延伸至大腿、小腿至腳趾頭，來回揉捏輕捶。他嘴角微揚，露出滿意的笑容說：「好舒服！」

也許醫院伙食不合胃口，父親毫無食慾。我從家裡帶來熬好的雞湯稀飯餵他，他亦只是淺嚐兩口就說飽了。擔心他不吃沒力氣，怎能站起來行走？連哄帶騙，他頂多再吃三、四口就大聲抗議：「太飽了！肚子好脹！好難受！再吃我就要吐了。」

高齡已八十七，兩眼數月前才失明，生活上原可自理的，變得全得依賴母親，而母親也已八十二歲了，看來康健，實患有骨質疏鬆症。社工瞭解情形後，認為現已不能行走的父親應申請入住長期護理中心。母親原先極力反對，畢竟已侍候父親一輩子了，對父親不能回家享受家的溫馨，心中萬分不捨，但礙於力所不逮的現況，加上我又遠住美國，於是她不再堅持。

社工給了我們長期護理中心的資料，就近探訪數家後，母親屬意於全為中國人的孟嘗安老院。除了因它設備新穎完善，有護士照顧生活起居，醫生定期來探看外，最主要是無語言障礙，溝通方便，何況每天還有物理治療師來幫忙做運動，保健身體。可惜目前沒空位，申請人甚多，已有數百位在等待名單上，看來起碼得等個三年五載。

申請表上可填選三個有興趣入住的名字。社工告知可將最中意的放第一，但第二、第三則需填寫等待期較短的。兩者中，任一輪至，即可先行入住，然後一俟排名第一的輪到時再轉入。跟據母親的意願，我們將孟嘗安老院放第一，頤康及康寧放第二及第三。然後向「統籌入住社區健康護理服務中心」部門提出申請。

接連探訪安老院後，有感於全球人口逐年老化，老年人的安養問題逐漸浮現檯面。重視老人福利的國家，已設立健全的制度，興建老人公寓及長期護理中心，培訓護理人員，並提供院內老人家精神層面的需要，如舉辦娛樂（唱卡拉ＯＫ）、文藝（學書法、剪紙、繪畫）、交誼（打麻將）、宗教（講經、佈道）等活動，幫助老人排遣漫漫長日。如係低收入

戶，政府還有補助費，免除了他們入住月費繳交不足之虞。居於此，不憂衣食住行，又有年齡相近的老人為伴，無疑是生活在人間天堂。

何其有幸！雙親所居之加拿大，對老年人照顧有加。期盼有朝一日「老有所養」的觀念及福利能遍及全世界。

母親的一生

外公過世得早，外婆不到三十歲就守了寡，辛苦撫育四個孩子，母親排行第三。當外婆下田幹活時，年僅八歲的母親就會幫忙煮飯，照顧弟弟。外婆一看母親這麼能幹，加上家境清寒，沒能力供所有孩子上學，於是留下母親在家分擔勞務。眼巴巴看著兄姐去上學，而自己沒機會讀書識字，這成了她心中永遠的痛。

及長，經人介紹，嫁給了父親。次年生下姐姐，兩年後生下了我。那時國共戰火已開始蔓延，局勢越來越糟，人心惶惶。外婆捨不得母親隨父親工作的單位離開，哭了又哭，母親也捨不得丟下外婆，就留了下來。事後她千思萬想，擔心與父親就此一別，不曉得日後可有機會再重聚？她不願我們姐妹倆從此過著沒有父親的日子，於是狠下心，拜別外婆，牽著姐姐、抱著我，萬里尋夫。

母親從沒出過遠門，年紀輕輕地帶著兩個孩子離鄉背井，從四川辛苦地穿州越縣。一路東詢西探，偏偏每趕至一處，父親單位則剛巧撤離，後聽父親一留守的同事告知：父親已撤至台灣。她隨即想盡辦法，託人買票，終擠上一班開往台灣的船。

海上驚濤駭浪，超載的船於顛簸中，險象環生。船長下令，為減輕重量，能丟的丟。母親怕我們被人強行丟入海裡，她拋棄隨身所有衣物用品，緊緊摟住我們姐妹倆。千祈萬禱中，船終於抵達基隆港，沒想到卻在港外拋了錨。父親聞訊已趕至岸邊等候，焦灼地看著船與岸上用繩索牢牢繫住。母親用背帶綁住我，姐姐由一好心人士代為揹著，膽顫心驚地攀著繩索緩緩而下，終於安全上了岸。經歷這樣的「大江大海」，在母親這輩人心上刻劃下了難以磨滅的印記。

也許因為母親堅忍不拔、吃苦耐勞的個性，她一肩挑起家中重任，父親從不需為任何事煩惱。母親的辛苦，我看在眼裡，疼在心底。她不停地做手工來貼補家用的身影鞭策著我，使我讀書時絲毫不敢懈怠懶惰，一心想用好成績來回報她的辛勞。

母親永遠把別人擺在自己前面，不光是家人，連朋友也不例外。曾聽張媽媽提過，母親是她的恩人。那年張伯伯因車禍，意外喪生，張媽媽頓失依靠。帶著三個孩子，肚裡還有個遺腹子，家事繁重，心情悲苦。母親忙完自家大小，即趕赴她家，幫她洗衣煮飯。張媽媽說那段期間，多虧有母親照顧。

住隔壁的許伯伯服務軍旅，常隨軍隊四處調防，隔數月才回家。許媽媽學會了跳舞，著迷之餘，經常忘了準時回家。三個孩子放學回來，家中沒人。母親煮好飯，招呼他們過來一起吃，如同一家人。他們長大後，雖散居各處，但總惦記著母親的慈暉，常來電請安問好。

早年大家的生活都很清苦，記得鄧叔叔向母親借錢，母親即先挪用她費時數月一點一滴積攢起來為我們準備好的學費，救他燃眉之急，但言明這是學費，懇請他屆時務必歸還。待我們要交學費時，鄧叔叔卻回說沒錢。母親平時從不願麻煩朋友，那時急得四處找會搭子，起個會來籌學費。母親不曾怨過鄧叔叔，她相信，他不是故意騙她，而是真有困難。

母親言語溫和，從不說話帶刺，令人難堪。常見有的人心很好，可是自視甚高，以為說出鋒利的話，方能顯出他的聰明才智，殊不知刀子嘴傷人於無形。想想何苦為逞一時口舌之快，到頭來卻是傷人又傷己？母親在為人這方面所顯現的寬厚大度——「常說好話，常做好事」是我們做子女的最佳典範。

她從不對我們高談闊論，講人生大道理，純以身教讓我們深切領受如何待人接物。母親是全家人的支柱，亦是我們遭逢逆境時避風的港灣。她總默默伸出雙手，在生活的大風大浪中，以全心全意的愛支撐著我們，陪我們一起度過難關。

她用心經營這個家，把無盡的愛化在日常生活中，尤其是彰顯在她烹調的菜餚裡。她的巧手能把不起眼的食材，變成一桌盛宴，還同時兼顧每個人的喜好，讓大家吃得津津有味。長大後，雖時有機會品嚐餐館美食，可是心中最懷念和最想吃的，依然是母親燒的菜。

三十多年前，姐姐先移民，兩年後我跟進。母親雖不喜歡住在外國，但為了我們，她再次展現決心與魄力，連根拔起，結束在台灣的一切。她這一生，似乎從沒想過她自己。初到陌生的國外，很寂寞，她十分想念熟悉的台北、患難與共的老朋友與親切的街坊鄰居。偶而有機會來到唐人街，看見與自己同膚同種的中國人，好興奮。雖不認識，卻默默跟在人家後頭走上一段，只是想感受一下，與鄉親走在同一條街上的溫馨。日後回憶起來，她才告訴我們，當時她邊走邊掉淚。

如今孫子們一個個拉拔大了，一回首，她驚嘆，啊！怎麼一幌眼，幾十年就這麼過去了。當年在她眼裡的異鄉，也早已住成了故鄉。孫子們大了，她也老了，可她依舊忙著。不是包餃子，就是蒸饅頭，要不就是做豆漿、蒸甜酒、滷菜。待他們周末去看她時，有吃的，走時讓他們還有帶的。

母親八十大壽那年，四代人歡聚一堂慶賀。平時不化妝的母親，這天搽了淡淡的口紅，真好看。母親看起來比實際年齡年輕許多，我想這都是因為她一直以來心量寬，與人相處，總是處處先為對方著想的緣故。心中無私，才能活得那麼恬淡從容。

我常常感念母親平凡中的偉大，借用「慈濟」的一句話來形容——母親在我心中實在是個「人間菩薩！」而她卻為她的不識字，不擅言辭，未能像別人的母親那樣，讀了那麼多書，能學養俱佳地侃侃而談，感到羞怯自卑。其實，親切真摯的笑容就是人與人之間溝通的最好橋樑。何況，在我心中，人品絕對重於學問，母親的為人處世實可作那些有學問卻無品德的人的表率。能擁有這樣的母親，我深深引以為傲！

過幾天就是母親節了，在此先遙祝她老人家不只是「母親節快樂！」而是天天都健康快樂！

請參照書前附圖五　八十一歲的母親。

母親的背影

前年冬，飛去多城探望雙親家人，多半時間與母親對坐閒聊。有一天，聊著聊著，她忽然想起，薑蒜用完了。望一下窗外，鉛灰色的天正飄著毛毛細雨，溫度應是攝氏零度以上。她遞過來一把傘說：「走！天不冷，我們去附近中國超市買薑蒜。」

夏天，母親經常一個人過去逛，帶點小菜回來煮，來回走上四十分鐘，當它是健身運動。冬天，難免遇見風雪襲人，她就不怎麼出去走了。今天有我作伴，一路上說說笑笑，頗不寂寞。看得出來，母親談興甚濃，挺開心的。

一進超市，擺得整整齊齊的新鮮蔬果，讓母親兩眼發亮。挑一袋蘋果、撿兩把青菜。轉進賣肉的攤位，秤了三磅碎肉，她說好用它來包餃子。嘴裡叨唸著咱們家先生喜歡吃牛肉，就挑了塊牛腱子；我愛吃豆腐，她拿了兩盒；還拿了……。我問母親：「您不是只缺薑蒜嗎？」她不好意思地笑說：「哎呀！來都來了，就多買點兒，總要吃的。」

她忘了我們沒帶推車，得靠手提，還是單手，另一手得撐傘。怕母親年紀大了，我搶著提重的。四個塑膠袋，拽在一起，挺沉的。我不時停下來，換個手提。母親也許平日訓練有素，利索地走在前面，不似我走得這般吃力，倒好像我年紀比她大似地。

以前與母親走時，多半並肩而行。今天她走在前面，方驚覺，我已經很久不曾這麼清楚地看著她的背影而行。印象中，我還是小女孩時，跨的腳步沒她大，才跟在她後頭亦步亦趨。記得當年她穿了件白底碎花的洋裝，八片裙的裙幅，隨風款擺，有種說不出的味道，好漂亮。那景象深印腦海，在記憶中停格。當時，我羨慕地跟母親說：「等我長大了，也要做這麼一件來穿。」現在回想起來，方明白，其實我喜歡的並不是衣服本身，而是母親穿上它時的韻味。

年華似水，悄悄溜過，如今這韻味在逝去的韶華中似乎也變了。母親的身材不再苗條，步履不再輕盈，可是由她寬厚的背影中所散發出的是另一種韻味——敦實、厚重。讓人覺得放心，覺得溫暖，覺得靠著它，可安安穩穩、踏踏實實地睡上一覺；可以毫無憂慮地面對生活中的磨難，去放手一博。

母親回過頭看我，「是不是太重了？累不累？要不要我來多提一點？」我提得多，走得慢，才有機會看著母親的背影回味過往。在回味中，今昔相較，有溫馨，也有感傷。母親由

年輕變年老，為我們付出了她的一生。我怕母親繼續老去，怕再見她背影時，她花白的頭髮變全白；微駝的背脊變佝僂；穩妥的腳步變蹣跚……

望著母親投過來的關切眼神，心中一酸，我搖搖頭，淡淡回說：「不累！我還提得動。」

全家福照

母親那輩人都過陰曆生日，她也不例外。將她的生日換算成陽曆，多半落在聖誕節前後。每年我都在節前返回多城，逗留兩、三個禮拜，給她老人家拜壽，並闔家團聚，歡度聖誕及新年假期。

從我們相繼出生開始，母親那顆心，六十多年來一直圍繞在兒孫身上打轉兒，始終沒放下來過，現在更是繫在重孫輩身上。當重孫、重孫女用稚嫩的嗓音叫聲「太婆！」時，聽在她耳裡，彷彿是天籟。她慈祥地答應一聲，「噯！」拉得又長又好聽。摟著新一輩的家庭成員，母親笑逐顏開，眼睛瞇成了一條縫。

她為家奉獻一生，拉拔大一個個兒孫。每個孩子對她無微不至的愛，點滴在心，因此對她的生日益發重視，都想買份最合適的禮物，以表達對她的孝敬。儘管母親一再強調，年紀大了，什麼都不需要，勸他們別買，但孩子們心想：哪兒能空手？還是照買不誤。

畢竟跟在母親身邊久了，我揣摩她老人家心意，捨棄穿用等物品，就買些她平日喜歡吃的及維他命補品，並包個紅包，再在餐館給她慶祝一下。她欣然接受，不過紅包她過個手，即轉送給孫子了。

孩子們看看幾年下來，買的東西都還堆置一旁，沒見她動過，終於覺悟——她真的不需要什麼東西了。於是，數年前她生日時，孩子們偷著開會商量，一人發話：

「婆婆要回台灣，她最放心不下公公，要不，我們輪流接公公來住，讓她可以在台灣毫無牽掛，輕輕鬆鬆地玩久一點兒。」

「主意雖好，可是這次是公公有事要回台灣，婆婆只是陪他前往呢！」

又有人說：「那麼，我們幫她買舒服點的商務艙機票？」

「上次聽說李奶奶返台，竟花了經濟艙七、八倍的價錢去坐商務艙，婆婆曾大不以為然地表示，要是她絕不會坐。」

母親一向對別人大方，自己卻很儉省。她覺得她的身子骨還挺硬朗的，坐經濟艙沒什麼不好。買那麼貴的商務艙機票划不來，尤其若知道是孩子們花的錢，她肯定不樂意，她最捨不得在社會上起步沒多久的孩子們為她花錢。她總說孩子們有他們自己的負擔，何況餘點錢，就該存著做將來買房子的自備款，不用花在她身上。她還是再三強調——「什麼都不需要！」

其實，在母親心中，沒什麼能比親情更重要。客廳及臥室牆上、書架及床頭櫃上，甚至電視機上頭都擺滿了孩子們從出生到大學畢業的照片。閒時，眼睛總在那些照片上來回梭視，重溫伴著孩子們成長，與他們所共同擁有的歡樂時光。那時，她臉上總不期然地煥發出柔和的光彩，流露出溫馨的微笑。

突然靈光一現，對了！趁聖誕假期，人員到齊，來個全家福照。原先高掛客廳牆上的合照還是攝於一九九三年，蠻久了。十幾年過去，鏡框中的小孩，早已長得比我還高，家中成員也陸續增加不少，該換張新的了。相信孩子們以放大的新全家福照送給她老人家，作為生日禮物時，必定令她笑得合不攏嘴。

買什麼好？

母親是個禮數周到的人。逢年過節、婚喪喜慶，該包的紅包，該送的禮品，肯定一件不少。她時時提醒我們，為人處事千萬不能失禮，哪怕自己手頭緊，也要刻苦自己，盡到禮數。到時候，她帶著禮物一逕笑瞇瞇地表達自己對親友的真誠關懷，送禮前的「買什麼好？」似乎從不曾困擾過她。

從小受教，長大後，學著母親，我也全心全力做好為人該盡的禮數。數十年前，移居加拿大，雖聽說在國外過中國年節的氣氛沒有國內濃郁，但身為中國人，中國傳統的節日自是不能忽略；而國外聖誕節的送禮更是得入境隨俗。在中外節日皆顧的情形下，似乎一年四季就忙著張羅節慶該有的餐會與禮物。

每到聖誕節，盤算一下該送的禮物，家人親友及辦公室的同事共三十幾份。「買什麼好？」成了我過節前盤旋腦中的生活主軸。我先至購物中心（Mall）遛遛，對禮品種類與價錢有個概念。回到家，寫好名冊，仔細斟酌與琢磨每人喜好，然後在名字後面註上適當的禮物名稱，利用午休或周末馬不停蹄地在 Mall 中穿梭，照單採購。待備妥停當，稍喘口氣，接著繼續安排節日當晚父母姐弟數家人來聚餐所需。年輕時，忙得很來勁兒，隨著如流的歲月，漸感吃不消，過完節，人已累癱。

十年前，移居美國新墨西哥州，初來乍到，先拜碼頭。請先生公司內僅有的四位中國同事及其眷屬，共八個人來家裡餐敘，我備好滿滿一桌菜。待他們一家帶個菜來時，我愣住了，桌上盤碗已擺滿，朝哪兒放呀？他們也愣住了，直問我幹嘛兒做這麼多菜？這裡的習俗是每家帶個菜來，稱之為 Potluck。原來不是所有中國人住的地方皆與我舊居地習俗相同。他們還告訴我：此地不興送禮，什麼聖誕節、新年、生日……全免（僅婚禮除外），因為送的人花錢傷神，受的人未必喜歡或用得著，不如兩免，減少雙方金錢與精神上的負擔。

突然不用為採購禮物而費神，頓覺前所未有的輕鬆。不過每年聖誕節回加拿大與父母親友團聚時，依然按舊習。當向他們提及我們那兒不興送禮及聚餐採取 Potluck 方式時，大家只是聽聽而已。沒人響應，過節時我只好依舊提著一皮箱禮物返多城。

年復一年，光是家中成員就已增至二十二人，於是「買什麼好？」這問題就給多城的親人們形成困擾與壓力，這時他們方正視我們新墨西哥州華人不送禮的習俗。

改革先從家中人做起，不過年輕一代依舊喜歡享有聖誕節拆禮物時的驚喜。大家商量後，折衷改良，提出新法：寫好家中成員名字，折疊後放入盒中，每人抽一個名字，就只需買禮物給你抽中的人，無需像以前得買二十來份。屆時大家還可玩遊戲——猜猜誰是你的神秘聖誕老人（Secret Santa）？至於輪到哪家主持年節大餐時，其餘每家帶一、兩個菜去，主人就不必為煮一桌菜而累翻天了。

畢竟時代不同了，過節時，在我們家行之有年的送禮方式雖被簡化，但行關懷的實質意義並沒因此而稍減。年終歲末，大家不再為「買什麼好？」而傷神時，反而能輕輕鬆鬆、開開心心地歡聚一堂。生活原該這樣，過得簡單快樂就好！

婆婆的辣椒油

家中成員由最早的五人——父母親加上姐弟與我三人，漸增至二十二人。聖誕節闔家大團圓時，大人小孩齊聚一堂，熱鬧滾滾。我早早就訂好飛赴多倫多的機票，數著日子，期盼佳節快到。

父親住院開刀後，轉進長期護理中心。眼睛失明，聽力亦微，枯瘦的兩腿已無力行走，只好萬分不捨地讓他留在護理中心，寂寞度日。想著他的孤寂，心中十分歉疚，大家盡可能地常去探望。曾想過帶他出來過節，但又擔心他衰弱的身體，禁不起進出室內外的氣溫變化，此冷冽冬日，萬一染上風寒，又惡化成別的病，豈不是反而害了他？幾經反覆商量，終於打消這念頭。

這次聚餐由姊姊的小女兒潤潤主辦。她與男友合資買了一棟鬧中取靜的百年老屋，趕在節慶前裝修完工。由於任職電視公司，企劃家居裝潢節目所累積的經驗，讓我們見識到她化腐朽為神奇的功力。打掉一面牆，讓客廳看來寬敞些，調整了房間略顯狹長的感覺。重新油漆數面牆壁，大膽採用黑、灰、奶油色，搭配珍珠色造型簡單的家具，房子雖重新裝潢，卻保有百年老屋典雅莊重的古意。高大的應景聖誕樹，靜靜佇立於一角。樹上懸掛的飾品及繽紛燈飾，點綴了素樸的廳堂，恰似一股活水湧進，為百年老屋注入了生命力。

嘖嘖稱奇後，步入餐廳。新買的大長餐桌，能坐十六個人。餐具旁居然還放著每人名字的卡片，如此正式！潤潤說，餐後這卡片就放入小提籃內，方便大家於明年玩「誰是你的神秘聖誕老人（Secret Santa）？」遊戲。這是我們近年來的簡化改革，抽中誰，就只需買禮物給他，省掉買二十幾份禮物的麻煩。這卡片真是一舉兩得。

長餐桌上擺著三個大火鍋，潤潤很細心，不吃羊肉的人坐一邊，共用一鍋。姐姐開心地說，這樣就不用擔心別人涮羊肉的羶味，愛吃羊肉的人立即回說：「那味道叫鮮！」入座後，只見潤潤端出一盤又一盤的火鍋料，大家不禁為豐盛的食材連連驚嘆，並笑說這叫明年主辦人該如何準備。

開始玩「神秘聖誕老人」遊戲時，只見弟弟打開他的禮物，是一件大紅色的球衣。他一猜就中，是我們家愛運動的老二送的。他立刻穿上，邊擺鬥牛姿勢，邊說：「我可不能去西班牙，否則牛肯定都衝著我奔過來。」他的逗趣表演，讓大家笑得東倒西歪。

每個人都有禮物後，潤潤進了廚房，端出大紙盒送給婆婆，上面放著十二個小玻璃罐，細看圓蓋子印有婆婆的照片，看起來很專業。照片上的英文字是「Grandma's Hot Sauce」，下端是中文「婆婆的辣椒油」。虧她想得出來，實在是太有創意了，大家齊聲喝采，為聚會帶來最高潮。她說大家那麼愛吃婆婆做的辣椒油，以後就用這罐子裝，省得婆婆四處找瓶子。上面印有婆婆照片，供大家留存，作為永久紀念。雖然婆婆一邊端詳照片上的她，一邊感嘆：她看來老了、發福了、頭髮變稀了，但在我們眼裡，她「年輕」依舊，哪像八十三歲的人？

束裝返美前，母親果真做好辣椒油，裝了罐，讓我這住得遠的人先帶回去。

接過罐子的剎那，心裡想的是：該為嗜辣的父親帶上一罐，這輩子吃慣了母親做的菜，只要打開蓋子，聞到味道，他肯定曉得這辣油是母親做的。只是啊，雙目失明的他，已看不見盒蓋上母親靦腆的笑顏。

便當情

小學時，因家住在台南公園邊上，就近唸台南公園國小。母親疼我，希望我能吃到現做的飯菜，每天中午不管天氣陰晴，她總手裡拎著花布包，裹著熱騰騰的便當，按時給我送中飯來。

打開飯盒的那一剎那，香氣四溢，惹得同學們好生羨慕。每次便當裡都輪換搭配著我愛吃的不同菜色——滷牛肉、滷蛋及芹菜豆乾絲；排骨肉配青江菜、加上辣椒末蒜粒炒的開胃酸菜；紅燒雞腿配上毛豆、紅蘿蔔丁；麻婆豆腐、素炒雪裡紅、幾片自家灌的臘香腸……，每頓我都吃得盒底朝天，意猶未盡。

唸中學時，學校離家較遠，不是步行可達的距離，母親不能再給我送便當了，於是她把濃郁的愛加倍裝進豐盛的便當盒裡。每天確定我把便當盒擱入書包內，看著我騎著單車、迎著晨風消失在巷口，她才轉身。

我喜歡當值日生，中午下課的鈴聲一響，即與另一值日生去廚房抬蒸好的便當進教室。同學們一擁而上，臉上滿是渴望企盼，紛紛喜孜孜地去尋找各自的便當。那一刻，有什麼比揭開蓋子吃母親做的愛心便當，更讓人心滿意足的？便當裡的菜，那怕是蒸過、熱過，吃進嘴裡，仍覺香噴噴地，至今想來依舊是回味無窮。

從小學到高中畢業，整整吃了十二年的便當。離家赴台北唸大學時，看著食堂裡依序擺著無精打采的菜，我就毫無食慾，心裡更加想念母親做的便當。

寒假一回到家，就迫不及待地告訴她，我多麼懷念她做的便當。母親笑我：「吃了十幾年，還沒吃膩啊？」「那怎麼會？」的確，大學畢業上班後，我又央著母親給我做，繼續我的便當生涯，直到移民國外。

小兒子在國外出生，沒我幸運，從沒吃過便當，不知它的好味道，更無從瞭解我的便當情結。在國外唸書的孩子們，沒人帶便當。入境隨俗，於是給孩子們買火腿肉、生菜等夾麵包，做冷冷的三明治，就這麼簡單地解決了他們的午餐。相較於母親給我的，對他們，我心底難免浮起了歉意。

時間飛逝，兒子們一個個長大。小兒子留在身邊唸州立大學時，有一天他打電話告訴我，得在學校趕報告，不能及時回來與我們共進晚餐，要我們別等他。忽然「何不給他做個便當？」的念頭閃現，於是滷上他喜歡吃的雞腿、豆乾、海帶，從泡菜罈裡挾些豇豆、辣椒及紅白蘿蔔，將它們切成丁，炒成賞心悅目又開胃的下飯菜，裝進盒裡。

兒子一進門，我趕緊將便當熱上。看他邊大口吃邊說「好吃」時，我就樂開懷。可以體會當年母親想方設法變換菜色，把便當做得可口時，她的辛勞，就在我對便當「情有獨鍾」，吃得有滋有味的瞬間，得到補償。兒子吃完，抹抹嘴，補上句：「媽！以後我要是不能回家吃飯，您就給我裝便當！」看來我的這份便當情可在兒子身上延續下去了。

身後事

母親於電話中告訴我：「墓園來信訊問，墓地已買好多年，是否要去選個墓碑？」孩子們皆願陪她去，可她堅持要等我來。飛抵多城，除了照顧開刀住院的父親，就是陪同母親步入「松崗墓園」，提前準備好身後事。

第一次踏入墓園時的情景，仍歷歷在目。那時我尚住在多城，沒想到時光飛逝，如今，再次踏入已是十二年後。那次，陪著母親，在蕭瑟的秋風中，踩著落葉，向一塊塊墓地看去，心中不無感慨：墓中人生前的愛、恨、情、仇，現皆已凝成一方方的沉寂。

我實在無法面對人死後得歸於塵土，長眠地下的事實，尤其那人是我親愛的雙親。當時滿心愴然，心中的沉鬱如同陰霾的天，烏雲密布，擔心會一個按捺不住，我那張臉，就會似雨狂如注的天。看母親的神色，迷離中掩不住淒惶。她的心境應不比我好，我不能洩出心底的難受，增添她的哀傷。強忍著，直到選好墓地，送她返回公寓。回到家後，才放任自己，痛哭一場。

一別十二年，一眼望去，「松崗墓園」靜寂依舊，可是園裡的松樹已挺拔入天，墓地裡豎起的石碑也多了許多。銷售員領著我們看樣品並一一解說，大理石的墓碑有三種顏色——淺灰、黑灰與赭紅，形狀有豎立的長方、打橫的短方等。銷售員建議我們選購價錢合宜，且較喜氣點兒的赭紅色豎立型石碑，母親欣然接受。她還挑好一邊頂端刻上朵玫瑰，另一邊則是她喜愛的竹子圖案。接著，再選棺木及套棺的基座。銷售員建議我們現在預先買好葬禮儀式，如移靈、化妝、防腐處理、靈堂租用及佈置……，先辦妥一切，無需臨時來煩惱。這正合母親心意，她為人處事一向為他人設想周到，從不願給人添麻煩。為自己人生的最後一件事，更是不想留下未辦，屆時讓子女們來操心。

母親怕我受不了親眼目睹過世後裝載她的棺木，而我也怕她想著自己有朝一日躺在裡面的黑暗孤寂，於是兩個人都裝著若無其事的樣子，好像替別人在挑選墓碑、棺木、儀式等，我那份冷靜實出乎自己的意料，與十二年前激動的情緒相比，彷彿判若兩人。不禁訝異——是歲月的冶煉堅強了自己？還是宗教的薰陶讓我看淡了生死？

待所有手續辦好，步出辦公室，迎面而來的是墓園雪地上反射出的清冷耀眼的陽光。我攙扶住因懼光而瞇起眼的母親，本想陪同她到十二年前選好的墓地上看看，但擔心母親走在光滑的冰上，一不小心摔倒就作罷。

心想第一次來「松崗墓園」選墓地是落葉繽紛的秋天，這次選墓碑是冰雪封凍的冬天，第三次會是什麼時候？如我的祈求能上達天聽，多麼希望這一天永不到來。哎！其實明知道人有生必有死，那麼，就於春天來吧！讓那天有和煦的陽光、嬌艷的百花、如茵的綠草、挺立的松樹……滋潤、妝點、陪伴我至愛的雙親。

從墓園回來，心情一直抑鬱著。當聽母親慨嘆與我們的相聚是：「見一次，就少一次了。」這話如當頭棒喝，震醒了我。我何苦鎮日陷在她身後事的悲情裡？於事毫無助益，怎不在她生前好好把握當下？與她多聚聚，滿足她衷心所期待的——能「常回家看看！」

墨墨的婚禮

五月十七日，一俟參加完小兒子的大學畢業典禮，即奔赴機場趕往多城，參加次日姐姐大女兒——墨嫻（家人暱稱她墨墨）的婚禮。

抵多城後，第二天一早，即與母親至附近店裡做頭髮。墨墨曾體貼地欲請婆婆去美容院來個全套，包括做臉、化妝、髮型等，但母親為替她省錢，婉拒了，卻在電話裡不住地叮嚀我：「別忘了帶化妝品來。」好幫她輕描淡寫地化一化，順便帶些項鍊飾品，來搭配她的旗袍。母親平日從不化妝戴首飾，只因墨墨堅持要一手帶大她的婆婆，在這人生最重要的日子裡，牽著她的手步入禮堂，母親只好破例化點妝，恁我在她臉上塗抹一番。畫好後，母親對著鏡子審視，直嚷嚷口紅太紅了。我說這是為配合墨墨幫她選的黑底，滾紅邊，胸前、袖子鑲紅花的旗袍。我哄著她：「年紀大了，紅點好，喜氣嘛！」瞧瞧母親，怎麼看也不像有八十二歲了。

姐姐當年因生活拮据，在生下墨墨三個月時，即將她送回台灣給母親帶，並著手申請父母親移民赴加。於墨墨三歲時，手續辦成，全家在多城團聚。沒想到墨墨十歲時，姐夫感情另有所屬，姐姐挽回不了另一半，成了單親母親。憐她身心俱創，母親不辭辛勞，替她撐起這殘破的家。感念婆婆無微不至的撫育，在墨墨心中，這一刻能牽她手的人，非婆婆莫屬。而在婆婆心中，備受呵護的墨墨是她的心頭肉。生活中，老人家從不捨得讓她受一丁點兒委曲。於母親，這何嘗不也是她生命中重要的一刻？

婚樂響起，生平第一次，母親在眾人的注目下，緊張地邁開步子，欲將挽著的墨墨交給地毯那一端翹首等待的新郎。望著倚在母親身邊，身材高挑的墨墨，眼前不由自主地浮現起她嬰兒時的模樣。那時我與母親同住，自願分擔勞務，幫墨墨換尿片、餵牛奶、洗澡。每次將她泡在澡盆裡，她就樂得手舞足蹈。瞧她白胖的手臂鼓得像截蓮藕似地，得用力掰開才好洗。遇到她半夜發高燒時，我抱起她與母親倆焦急地奔向醫院……。幾年下來，我早已將她視如己出，此時心中自然升起嫁女兒似地難捨之情。在聖潔莊嚴的婚樂催化下，眼眶中不由得泛起了層層淚花。迷濛中，望向姐姐，她正用面巾紙偷偷拭去溢出眼角的淚水。

婚宴中，播放一對新人成長過程的照片。墨墨小時候可愛的模樣出現在屏幕上，昔日的嬌憨，對比今日的婷立，不得不讓人感嘆歲月之飛馳。想著我幫她照這些照片時，得一邊哄著她，一邊盡速按快門的情景，似依舊歷歷在目，怎麼一轉眼，她就長大了，嫁為人婦？當我尚沉醉在往日的回憶裡，意猶未盡時，屏幕上的新人照片卻於瞬間播放完畢。

接著，新人相擁，步入舞池。看見新郎眼裡滿盛著對墨墨的愛意，心想有這麼個細心體貼且行為舉止寬容大度的外孫女婿，母親應該放心了。端起酒杯，朝母親走去。在這大喜的日子，我舉杯恭喜她，還沒來得及說下面，母親便笑盈盈地問我：「恭喜什麼呀？」這不是明知故問嗎？可見她今晚心情有多愉悅。

望著她笑得像朵花似的臉龐，雖屆高齡，但風采絕不輸給年輕人。想著她這一生為兒孫輩的犧牲付出，儘管臉上有遮不住的皺紋，身材也早已由富態取代了苗條，可是，在我心中，德行之美是超越時空、經得起考驗、歷久不衰的！我心有所感地對母親轉說道：「恭喜您呀，是今晚最美的女士！」

揚帆待發

時間溜得可真快！不敢相信，當初被朋友們笑說我是「老蚌生珠」所生下的小兒子，五月就大學畢業了。眼前不時還幌動著他出生時，皺巴巴的小樣兒，如今已長成一米八三的高個兒了。

記得他小時候總愛黏著我，寸步不離。清晨，緊緊摟著我的脖子不放，怕我丟下他去上班。我不得不哄著掰開他的小手，狠下心步出家門，留下他與外公作伴。回頭看他趴在窗檯上，一把鼻涕、一把眼淚地，那時我的心幾乎碎了。

待他大點兒，能撥電話了，他要了我辦公室的電話號碼。有一天，他撥來，我正巧離開座位。答錄機裡傳來他稚嫩的嗓音：「媽媽！妳在哪裡？妳不是說打這個電話號碼就能找到妳嗎？妳在哪裡？嗚嗚……」一聽他無助的哭聲，我的心揪成了一團。當時，好盼望他能快快長大，進了學校，就不再黏著我了。

第一天送他去上學，望著陌生的環境，聽著一句也不懂的英文，他怯生生地緊抓住我的手。當我將他交給老師轉身離去時，他哭得聲震屋瓦。老師司空見慣，催我快走。身後傳來他聲嘶力竭的哭聲，而我也早已淚濕衣襟。那段日子，不只是他，我也陪同著，倍受煎熬。

一轉眼，他唸中學了。我辭掉了銀行的工作，隨先生工作的調遷搬來美國。在銀行服務了三十年，而這裡是個小州，當地銀行沒有與世界接軌的交易員（Trader）工作，先生體貼地要我從職場退休，於是我成了全職的家庭主婦。

不上班，時間多了出來，於是兒子上學成了我生活中的大事。反正沒事，一早，想陪兒子走到巷口拐角處等校車。兒子連忙說：「別！別！同學會笑我。」於是留在家裡，立於窗後，目送他的背影消失在巷口，他不曾回頭看我一眼。想起當年，丟下他去上班，我可是一步一回頭啊！

上了大學，開著他那輛二手車，來去如風。回到家，除了開飯時間，他就待在房裡，做功課、看電視、打電玩、用電腦……，活在他自己的天地裡。他小時候的黏勁兒，已點點滴滴在時間的長河裡消失殆盡。反過來，是我好想黏著他，一見他回來，跟在他身後轉，問他吃過飯沒？累不累？功課忙不忙？……還想再問，又怕他嫌我嘮叨、嫌我煩。

他已開始著手準備找工作，我試探地問：「要不要留在這州工作？」「不要！」他回答得很乾脆。即使回到家，有熱騰騰的飯菜可吃，他亦不為所動。他說：「這州適合退休的人住，不適合年輕人。」

一語驚醒了我。沒錯，瞧他一臉期待，外面寬廣遼闊的世界正等著他去探索。因「老蚌生珠」，我已比同齡的人多享受了好些年他的陪伴，何苦還想把他留在身邊，就讓揚帆待發的他，滿載著我盈盈祝福，朝他憧憬的人生目標駛去吧！

有情天地——夫妻情

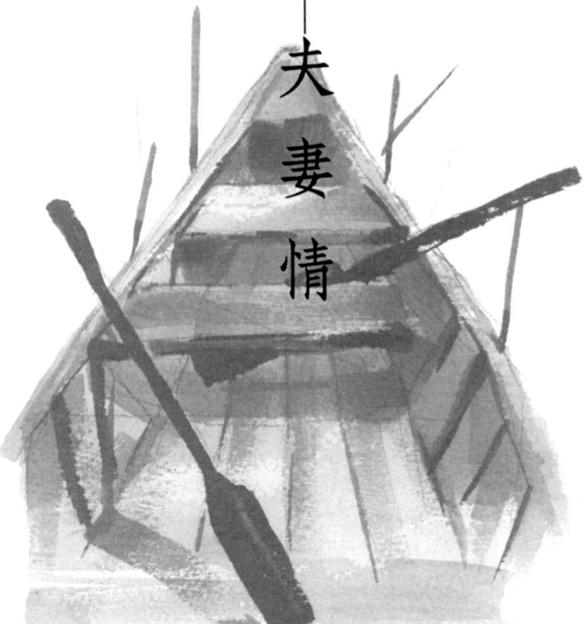

那滴淚

有人說：「五嶽歸來不看山，九寨溝歸來不看水。」證諸走遍大半個中國的好幾個朋友，都說九寨溝的風景最美。於是，大夥兒選定參加九寨溝之旅，好親臨勝地，一睹廬山真面目。

八月底，一團十來人喜孜孜地搭機由阿布奎基市飛往洛杉磯，然後再轉機前往第一站上海。高空中，用完晚餐後，機艙內，燈光暗了，靜悄悄地，幾乎每個人都在閉目休息。擁著毯子，我昏沉沉地漸入夢鄉。睡夢中，忽被一陣窸窣聲吵醒。睜開惺忪的眼，瞧見先生正打開背包，在每個夾層裡東翻西找，又在行李架上摸索，然後掀開座墊，用手在自己座位上的每個夾縫裡一一觸尋。

「你在幹嘛？」怕擾到別人，我小聲問。「皮夾不見了！」他驚慌地回答。「裡面有什麼？」「一千五百元現金、四張信用卡、駕照、醫療保險卡等。」一聽，我魂去掉大半，嚇得睡意全無。半空中，無法與外界通訊聯繫。十幾個小時的飛行，萬一這四張信用卡皆被冒用，後果實不堪設想。問他什麼時候掉的？對此，他毫無印象，試著追憶：「在洛杉磯機場買午餐時用過，也許就在洛杉磯機場？或許在飛機上？」上大陸旅行，團費已繳，以往僅帶一張信用卡及一千塊現金。這次怎會帶四張卡？想必前一晚他身體不適，患上感冒，早早睡下，沒依慣例而行。一路上又精神不濟，警戒心自然鬆懈。

「為什麼這次會多帶現金？」我忍不住問。「上次去雲南，妳挑了個便宜的玉鐲，這次想給妳買個好一點兒的。」想著平日裡生活節儉的他，連個垃圾桶都捨不得換，竟捨得花錢妝點我，不由得愣住了。心裡雖然很感動，不過還是想罵他一句「傻蛋！」玉再好，同其它珍寶一樣，都是身外之物。生不帶來，死不帶去。

他不懂，在我心裡，再貴的玉，都是有價的，而他對我的愛卻是無價！

記得住多倫多時，一個嚴寒的冬日，雪下個不停。人坐在辦公室裡，對著窗外的雪發愁。心裡叨念著一早趕搭火車，將汽車停在火車站停車場，不知下班後，我得哆嗦著，費多大的勁兒才能清除掉車窗上結成冰的雪？沒想到一出車站，就瞧見先下班的他，正趕來幫我一鏟一鏟地清理積雪，那一刻景象於天寒地凍中停格，永銘心底。日後，兩人生活中起了磨擦爭執，氣得我七竅冒煙時，只要想到為我鏟雪的一幕，心中的氣自然減消。我在意的不是擁有任何珠寶首飾，而是他落實在平凡生活中點點滴滴的關愛。

思緒飄回眼前，瞧他一臉焦灼，我吞下想罵的那句「傻蛋！」改口安慰他：「破財消災。十二萬分心領你的美意，就當你已送了個好玉鐲給我。至於信用卡，現在急也沒用，等到了上海再說。」

此事已驚動了空服員。當抵達上海，飛機停妥後，空服員讓其餘乘客先下機，留下我們抱著渺茫的希望，等候清艙檢查，空服員認真搜尋，即使衛生間也不放過，皮夾卻依舊渺無蹤影，只好惶然失望地步出機艙。等著的團友們紛紛趨前，圍攏過來慰問，每個人都搶著要借錢給我們。

經歷了十幾個小時在機上的折騰，不知後果會多糟的恐懼，讓我身心俱疲，情感變得脆弱起來。團友們的隆情厚誼，像一股暖流，從腦門貫穿腳底，頓時使我眼眶含淚，感動莫名。怕人笑話，這麼大年紀了，還像個小孩子似地，那麼愛哭。我盡力去維持住因壓抑欲哭而略呈凹癟的唇形，拼命緊咬著說話時已格登發顫的牙齒。

實在難熬，怕抑制不住蓄在眼眶的淚花而當眾落淚，趕緊低下身子，佯裝繫鞋帶。眼睛一眨，那滴淚，正好落在灰撲撲的鞋尖上。

熱炕頭

冬日，別看這地處美國西南部半沙漠地帶的新墨西哥州陽光耀眼，亮晃晃跟夏天似的，能曬得人混身舒暢，但晝夜溫差極大。一入夜，天就冷了下來，加上不時刮起的風，溫度會陡降二十來度，全身冷嗖嗖地，白天陽光下的暖意早已被風吹散得無影無蹤。

我一向怕冷，記得以前從台南前往台北唸大學時，人家都說北部冬季比南部冷很多，而且陰雨綿綿，空氣中總瀰漫著一股揮之不去的濕冷，媽媽特別為我彈了床新棉被。深夜，在宿舍讀完書，鑽進被窩的一剎那，冰冷的床板總教我哆嗦好一陣子。蜷曲著身子，蝦米似地摟緊著新被子，好半天，才捂出點暖意。

一直以來，為清晨得從睡暖了的被窩裡爬起來，深感無奈。當學生時，為趕上課，沒辦法，賴到不能再賴時才翻身起床；當職業婦女時，為趕上班，也是好一番天人交戰，才爬起來。那時，每星期最盼望的就是周末來臨，不用早起，能在暖被窩裡睡到自然醒。

畢業後數年，認識了先生。交往一段日子後，當他第一次牽住我的手時，訝異它怎麼這麼冰涼，趕緊將牽住的手放進他外套口袋裡暖著。那感覺很溫馨，彷彿我的心也被他牽走了。當時我曾浪漫地想，牽著我的手時，不知他是否有「執子之手，與爾偕老」的念頭？

婚後，發現先生習慣早睡早起，而我卻喜歡忙完家事後，珍惜完全屬於自己的時空，坐進書房看書、寫稿。待上床睡時，手腳常常已是冰冷。我小心謹慎地躺下，怕碰到他，將他冰醒。結了婚，可不像單身時，能獨霸住棉被，緊裹著它生暖。躺了好一會兒，腳依舊冰冷，無法入睡。我忍不住偷偷將腳伸出，在他的地盤上取暖。正巧他一個翻身碰到我的冰腳，立時驚醒。知道我小心翼翼，怕驚擾他，就一把將我的冰腳放在他小腿肚間捂著。睡意朦朧中，他還豪氣干雲地說：「別不好意思，這有什麼好客氣的？」

他不畏貼肌的冰冷，幫我暖腳，一股暖流頓時在我周身緩緩流淌。想起北方漢子有這麼句話——最嚮往的就是「家有老婆、孩子、熱炕頭」，而我更勝一籌，竟擁有先生這麼個有血有肉靈活的熱炕頭，多麼幸福！那滋味更甚於一盞熱茶在手、一杯醇酒入口。

心生感激之餘，警惕自己，對他平日生活中的不良習慣，如脫下的髒襪子亂丟、東西用完沒歸位……，就睜隻眼、閉隻眼；他偶爾故作幽默地嘲諷我一下，刺痛了我，也別去計較；叮嚀他的事，他老忘記，就作罷。總之心量放寬，做人的基本不就是要有良心？何況那人是你朝夕相處的另一半。他對我一尺好，就該報以一丈。腦海裡，還在千百個念頭轉動著要「知恩圖報」時，耳旁，傳來他輕微的鼾聲。我混身已暖和，他鼾聲裡規律的節奏催動著我，漸漸地，我也闔上眼，迷迷糊糊地進入了夢鄉。

人生如夢

夜半，正睡得香甜，忽被先生推醒。他語帶悻然地說：「我做了個惡夢，夢見妳跟別人跑了！還是個外國人。」對他來說，此事非同小可，當然得把我叫醒，質問一番。

「那怎麼可能？我這麼大把年紀了，不會的，何況是個外國人！」雖然睡意朦朧，我像哄孩子似地安撫他，還加上句：「你又不是不知道，我這個人有中國情結，放心！不會跟外國人跑的。」

「哼！是個法國人耶！」他依然氣未消。而我卻心想：他夢得不錯嘛！法國人，嗯……挺浪漫的！

「妳是個名歌星，穿得好漂亮。身材玲瓏有致，腰細得可堪盈盈一握，走起路來，搖曳生姿。」「妳還有個藝名。」他一連串說出。

我嚇一跳，不過就在朋友家唱了兩次卡拉ＯＫ，我自己還沒過足歌星癮，他倒是擔起心來，幫我在他的夢裡實現了我年少時的歌星夢。還夢得這麼周全，連藝名都有了。「哦？有藝名？快說！是什麼？」我這時已清醒，了無睡意。

「妳叫水盈盈。」他居然沒把夢境給忘掉。

「這名字不俗，還沒人拿它當過藝名。」我讚美他。他一聽，更來氣，「我就知道，妳還真想當歌星！」

「哎呀！絕無此事。真的，我都這麼老了，嗓子早就不行了。快睡吧！明天星期六，與朋友們相約一早在聖地亞山山腳下見，要爬山健身哩！別胡思亂想了。」

沒一會兒，他已打呼，發出均匀的鼾聲，我卻思潮起伏，睡意全消。想起剛結婚時，總是我作惡夢，夢見他愛上別的女人。當時好生氣，毫不留情地將他一把推醒，興師問罪。他迷迷糊糊中，問我的第一句話竟然是「她漂不漂亮？」「當然漂亮！要不我幹嘛吃醋？」他竟遺憾地嘆口氣說：「哎！怎麼沒出現在我的夢裡？」現在回想起來：我們兩人對對方夢境的表現，竟有如此大的差異，不知是否是「男女有別」的關係？

風水輪流轉，幾十年後，反倒是他作這種「惡夢」。心中偷樂，這是否代表著我人雖已老，但「珠尚未黃」，讓他沒有安全感？

常聽人感慨「人生如夢」、「夢如人生」，有段歌詞：

人皆尋夢，夢裡不分西東，醒在紅塵中，醉在紅塵中，何不從從容容入夢？……

人皆尋夢，夢裡不分西東，愛在紅塵中，恨在紅塵中，何不瀟灑入夢？……

夢境何嘗不是反映真實的人生？芸芸眾生，執著於此的，大有人在。有多少人能像永嘉玄覺禪師《證道歌》中所悟「夢裡明明有六趣，覺後空空無大千」？

神仙小徑

這是一條在我們舊家附近，飯後散步的小路，先生稱它為「神仙小徑」。可惜不是與我如神仙眷屬般，攜手浪漫徜徉之處，而是與他的釣友小丁，享受「飯後一支煙，快活似神仙」的地方。

先生唸大學時，學會抽煙，算來煙齡已長達四十幾年。那時是一種社會風尚，男人一煙在手，吞雲吐霧，看起來挺「酷」的。與女友交往時，往往能藉著飄忽繚繞的煙霧，給對方一種看不透、摸不著的魅力。這彷彿也給彼此剛開始交往時，那似有若無的情愫，增添一份迷離、朦朧、又有一點兒神秘的色彩。

如今，隨著醫學的發達，人們對健康十分重視起來。世界衛生組織證實百分之三十的癌症和吸煙有關，政府又大力宣導抽煙的壞處：導致心臟血管疾病、容易引起中風；導致肺癌、肺氣腫、慢性支氣管炎等疾病。辦公室與公共場所全面配合，逐漸實施禁止吸煙。對癮君子而言，夏天還好，冬天在室外，忍著風雪寒凍，抖索著抽那麼幾口，加上多數人看待抽煙的人就像過街老鼠似地，境況今非昔比，令人尊嚴掃地，頗不是滋味，於是有些人就痛下決心，從減少吸煙量，進至完全戒絕。

先生在我的苦口婆心下，亦曾努力試過。苦熬了三個月後，有一天，過去的哥兒們從台北來訪，飯後遞上一支煙，他挺自然地接過來，就這麼一抽，像與舊情人久別重逢，喜不自勝，哪甘願再捨下！與朋友就在咱家後院新闢了「神仙小徑」，快活起來。這一下，完全破功。他的努力，我的苦心，皆於瞬間付諸流水。從此，任我「威迫利誘」，甚至動之以情——「不是要與我共老嗎？」可是他心如磐石，絲毫不為所動，「你有你的千條計，我有我的老主意」，再也不肯戒了。

上月底，乘參加於紐澤西舉辦的「中國工程師年會」之便，順道探望他堂弟小仲一家。二十多年來，第一次上他們家，大家聊得興起，略為小憩時，他開門出去。待他返屋後，只見堂弟妹站起來四處查看並自言自語：「壁爐沒燃火，廚房爐台也關著，怎麼會有煙味兒？」他只好供認是他剛剛出去抽了根煙，還訕訕地笑說：「沒想到煙味兒還在！」個性豪爽、心直口快的堂弟妹瞪大了眼睛，毫不留情地哇哇大叫：「在小仲心中，一直以你為楷模，沒想到你竟然有這麼個大缺點！」先生打個哈哈，將話題岔開。實在是不可思議，一向自尊心極強的先生，為了煙，在人前居然可以矮個三分，這煙的魅力不得不叫我驚嘆！

還記得四年前，先生一踏進家門就喜孜孜地告訴我，他如常前往印地安人開的小店買免稅煙，在門口遇見一老人也前去買煙，他禮貌地為老人拉開店門。出來時，老人問他：「猜猜，我幾歲？」先生這時方抬眼仔細打量他，老得滿臉皺紋，長長的耳朵異於常人地垂至嘴角，應是長壽之徵，該有把年紀了！可是還能一個人單獨出門行動，證明手腳靈活，身子骨看來也挺硬朗，這能有多老？嗯！不好猜。八十好幾？老人看出先生的疑惑，笑笑說：「我生於一八九五年，跨越三個世紀，今年已是一百一十一歲。」「這輩子，我娶過好多老婆，因她們一個個都比我早過世。現在這個活得久些，已八十九歲。」哇！有這麼老！先生嚇一跳。真沒想到，他已超越百歲。

能碰見人瑞，機會不多。先生在朋友間津津樂道，當然重點是——人家抽煙，照樣能活那麼久！過了兩個多禮拜，朋友電話中興奮地告知：「我在報上看到你們說的老人，還登了他的照片耶！」咦？為何要登他？我這一問，朋友隨即邊看報紙內容邊說：「哦！原來已於昨天逝世，他是我們新墨西哥州最老的人瑞。」

我跟先生說，若不是抽煙，老人說不定能活更久。先生毫不在意地回我：「已經活那麼久了，可見抽煙並非一定會短壽。」我一時語塞，找不出話來駁他。看來沒輒，也只能任由他，每天依舊「飯後一支煙，快活似神仙」了。

天水趙氏

一至聚會場所，遇到陌生人，難免會被問「請問貴姓？」說出後，對方準一臉驚詫「咦！沒聽過。」我趕緊補充「是呀！這姓很少，百家姓上沒有。」

自從嫁給我家先生，心裡沾沾自喜。一來，他姓趙，妻冠夫姓，自此我無需再跟人解釋我原先稀有的姓；二來，我得以從百家姓排行榜外，一躍而升至排行榜第一。先生還得意地告訴我，他是宋朝開國皇帝趙匡胤之後。我半信半疑，心想反正查無實證，隨他說去。

兒子小時候，報名上中文學校前，在家先教他學寫自己的中文名字。先生邊教邊告訴他，「趙」是宋朝皇帝的姓，我們是他的後代。兒子明白皇帝等同於外國童話裡的國王後，興奮老半天，覺得太不可思議了，他這小民，居然有皇室血統。

自台灣開放大陸探親後，先生的叔叔即奔走兩岸之間。在福州老家訪查搜集，終於一九九三年編成「趙氏族譜」，已將我們名列其中。翻開叔叔寄來的族譜，第一頁的序，即有「……源於甘肅天水，係宋朝皇帝趙匡胤之後……」等語。哦！原來先生沒吹牛。

當時，我尚不能將先生這位處東南的福州人與遠在西北的天水聯想在一塊兒。可是先生倒適應得快，也許感念於先祖們在天水的披荊斬棘，已以天水人自居。

有一天，看電視上介紹台灣的牛肉麵，讓他好懷念，於是自行去超市買來帶肉的牛排骨，燉煮一陣後，剔下牛肉紅燒，牛骨續熬湯。煮好後，叫兒子與我來品嚐，他問我們：「你們知道這是什麼麵嗎？」兒子衝口而出「牛肉麵！」一副這還用得著問的表情。先生搖搖頭。知夫莫若妻，我大聲回他：「天水牛肉麵！」。那陣子，他什麼都冠以天水二字。

四年前，我們組團遊絲路，其中一個景點是天水「麥積山石窟」。先生好期待這次旅遊，能讓他親自踏上先祖們曾住過的土地。我們從西安乘飛機至新疆烏魯木齊，倒遊絲路，由吐魯番、哈密、入甘肅的敦煌、酒泉、張掖、武威、蘭州、天水。一路下來，當遊覽車抵達天水時，放眼望去，已無大漠的荒涼，四周滿是綠意，難怪天水有小江南之稱。

來至麥積山，我們隨著地陪登上一階階石梯，不時抬頭仰望石窟中的佛像。天突然陰下來，飄起一陣細雨。對面的秦嶺，霎時籠罩在如霧的濛濛煙雨中，好美！地陪告訴我們，這是天水有名的八景之一——「麥積山煙雨」。我們有幸見到，實不虛此行。

面對這天水勝景，斜暉中，浮上心頭的卻是「……是非成敗轉頭空，青山依舊在，幾度夕陽紅……」誰能抗拒時間洪流的淹沒？遙想趙氏先祖們，不管貴為黃帝將相或平凡的升斗小民，如今俱已是黃土一坯，心中不覺淒然。

絲路歸來，先生對天水，念茲在茲，打算退休後去那兒住一段時間，想盡份心力，貢獻地方。徵詢我意見，我當然贊成。嫁給了他，我不也早已是「天水趙氏」！

誰在乎？

臨去多倫多照顧開刀住院的父親前，先生要我站上磅秤，看看有幾磅？我滿腹懷疑，不曉得他葫蘆裡賣的什麼藥？心想會不會是聖誕節快到了，要買個相關禮物送我？

我喜孜孜地唸出磅秤上的數字，只聽他一本正經地說：「記住，從多倫多回來，還是得這個數字，不能增加。」我實在不懂，他為何開始斤斤計較起我的體重？站在穿衣鏡前，左端詳、右端詳，體態雖沒以前輕盈，但絕對稱不上是個胖子。想減肥回到少女時代的苗條身材，不過是隨意嚷嚷給自己聽的，他那時還安慰我說：「人到中老年，有幾個不發福的？」並戲稱我「玉環」，肯定唐朝美女的地位。如今我自覺年華老去，心虛幾分，既然他下了聖旨，焉敢不從？省得從多倫多肥回來時，他一怒之下，每星期六帶著漢朝美女去爬聖地亞山了。

從小吃母親煮的飯菜長大，何況母親的手藝鄰里朋友間聞名，要節制自己不多舉筷，是多麼的困難！不過聖旨言猶在耳，我不得不放下筷子，跟母親說我吃飽了。母親大為詫異，「怎麼不吃了？是不是不好吃？」「不是！不是！實在是太好吃了，只是……」我遲疑著，怕說出來挨罵。「幹嘛吞吞吐吐的？有話快說。」「我怕胖！」這句話大大傷了母親的心，原來我愛美勝過愛她煮的菜。母親大聲說：「想吃就吃，怕什麼胖！瞧妳爸爸現在醫院裡，想吃什麼還不能吃呢！」她意猶未盡地補充道：「這把年紀，胖點有什麼關係？」還回過頭望著我小兒子，想爭取他的贊同。兒子懶洋洋地回了句「媽！妳胖不胖，Who cares？」「當然有人care。」這小子太藐視我了。「你爸爸就很在乎！」我終於實話實說。

一方面不想跟他們再鬥下去；二方面美食當前，意志不堅；三方面天高皇帝遠，他不在身邊盯著，於是我開懷暢吃，至少讓眼前的母親眉開眼笑了。母親最喜歡看人吃個盤底朝天，總說：「留那幾口幹嘛？都吃掉，好清盤子。」「媽！您煮那麼多，哪吃得完？」「不多，不多。」她一面說，一面將菜撥進每人碗裡，還說：「妳看，大家分一分，不就吃完了。」結論可想而知，三個多禮拜後，我站上磅秤，哇！不得了！重了七磅！

原取得先生的諒解與支持，我將留在多倫多照顧父親，直至過完新年才返回。先生每天來電話，除了關心父親的病情，不外乎想聽聽我的聲音。分離近一個月了，他終於忍不住問：「妳可不可以回來陪我過個感恩節再回去？我好想妳！考慮看看，好不好？」聲聲柔情的呼喚，害我感動得熱淚盈睫。我厚著臉皮靦腆地跟母親說：「他想我，看我能不能回去過節？」母親二話不說，叫我趕緊回去。

電話中先給先生打個預防針。「我胖很多。」「胖多少？」「很多，很多。」「還走得動嗎？」他憂心地問。「實在是不好說。」我虛虛實實，沒正面答覆，給了他想像的空間。

他來機場接我，驟見，大吃一驚高興地說：「還好！妳還走得動嘛！」又追加一句：「妳一點沒胖。」我心中偷笑，重了七磅耶，假不了。兒子的「Who Cares？」還真有幾分道理。於思念中，他早已把那份 care 拋至九霄雲外了。

一日三問

從小上學，老師們在課堂上耐心地又講又寫，最後總叮嚀：「有問題，一定要提出來，得把問題確實搞懂了才行，千萬不能囫圇吞棗，或悶在心裡，企圖矇混過去。」於是我將這耳提面命牢記於心，遇有不懂的地方，絕對刨根問底兒，直到弄懂為止。

這種教育方式，不只對我的升學考試有很大的幫助，甚至畢了業，為職場上的工作亦打下了良好的基礎。孔夫子說過：「知之為知之，不知為不知，是知也。」決不因身份職位怕有失面子而冒充懂。虛心求教，認真求知，在同儕間反而贏得信賴。不知不覺間，我已養成遇事好問的習慣。

初識先生，他訝異於我這麼愛問問題，曾戲稱我是個「問題兒童」，不過這也給了他表現的機會。坐在公園裡，抬頭仰望滿天星斗，他教我認北斗七星，進而解說銀河系，讓我對學工程的他另眼相看；無神論者的他，談起聖經、佛學，頭頭是道；論起文學、歷史，讓我這學文的人好生佩服。幾年下來，不是他拜倒我的「石榴裙」下，而是我折服於他的「卡其褲」下，於是就嫁給了他。

新婚燕爾，日子過得幸福甜蜜。初時，我的好問，依然能喚起他「傳道、授業、解惑」的興趣。幾十年下來，物換星移，當公園的場景換成自家後院時，抬頭仰望星辰，他當年的解說，我早已印象模糊，對著閃閃爍爍的銀河系我還是一頭霧水，忍不住又問時，他的回答竟是：「不是早已告訴過妳了嗎？」

沉重繁忙的工作，讓他回到家裡開始實行長話短說。能用兩句話說的事，絕對不用三句。他笑我，因愛寫文章而練就「短話長說」的毛病，還說我「妳怎麼還是那麼愛問？」因此規定我一天只能問他三個問題。很有點不叩則不鳴，大叩才大鳴的味道，可惜這麼博學的人一天只鳴三次。

「孔子入太廟，每事問。」心中暗想「孔子都能問，我怎麼就不能問了？」不過在我們家，尊他這宋朝開國皇帝之後為「趙子」，什麼事，他說了算！

晨起，望著陰霾的天，隨口問聲：「會不會下雨？」他回道：「我哪兒知？我又不是上帝！」為了晚上有個難得舉辦的餐會，我拿起兩件衣服，告訴他：「我先試這件，待會兒再試另一件，你幫我看看，穿哪件好？」第一件剛穿上身，瞄一眼他馬上說：「就這件！」免花時間看我穿另一件。還說：「今天妳已問了兩個問題了，還剩一個。」我提出抗議：「這樣的問題也算？」他口角帶笑促狹地說：「當然算！」

不由得想起朋友由網路傳送過來的句子——「婚前，男人經常找女人『討論』；婚後，男人只告訴女人『結論』。」「婚前，男人大都很『幽默』；婚後，男人大都很『沉默』。」看來是有幾分道理。不過人人都說婚姻是門大學問，既是「學問」，要「學」，不就得「問」？我要真不愛問了，他不悶得慌才怪！

虛驚記

今夏，去做每年例行的乳房透視檢查（Mammogram）。這是一種特殊性質，不同於身體其它部位的X光檢查。每一個乳房通常要照兩個方向的X光片，一是從側面，一是由上往下照。為使片子照得清楚，乳房會被用力擠壓在兩片板子之間。很不舒服，不過忍一下就過去了。

沒想到照後，收到的不是如同往年「一切正常」的通知信，而是「乳房影像中心」（The Breast Image Center）直接來電話告知：X光片上右乳房部分組織看起來異常，排定三天後去設備較完善的總行做進一步複檢。放下電話，心情一下子跌落谷底。

「怎麼可能？」我一再問自己，不相信一向健康的我會罹病。何況當天上午才去看婦科醫生，做過年度檢查，他觸診後，還高興地對我說：「一切正常。」但轉念一想，也許觸診不是百分之百準確吧！

先生得知消息後，立刻斬釘截鐵地說：「他們肯定弄錯了！」在他心中，我一直是個「健康寶寶」，有良好的衛生與飲食習慣，平日多吃蔬果，又注重養生，加上沒高血壓、膽固醇、糖尿病等，甚至沒一顆蛀牙。先生曾笑我將來定會是個人瑞，連家庭醫生健檢時都忍不住對我說：「妳這麼健康的人，不知我究竟能為妳做什麼？」

雖然家族中沒人得過癌症，但這並不保證沒有例外。萬一自己不幸罹癌，生活秩序必被打亂。首先想到得麻煩先生於辦公室與醫院之間來回奔波，說不定化療期間連煮飯都得靠他搞定。思緒紛亂之際，趕緊去找了些乳癌相關資料，好好研究。時間似乎停下了腳步，走得好慢！那三天的等待，真是難熬！

複檢的日子終於來到！那天，我提前抵達，在櫃台辦好登記後，過了一會兒，就被領了進去。工作人員刻板地複誦：「脫去上半身衣物，換上開口於前的袍子，把換下的衣物及皮包等隨身物，放在走道邊有鎖的壁櫃裡，然後在廳內等候。」廳裡已坐了好幾個人，大家默默地翻看雜誌，氣氛凝重。雖說這裡還細心地備有餅乾及飲料，可是沒人有心情去動它，人人看來都神色緊張。

輪到我，走進小房間，重作右乳的X光透視。技術人員說，照完即送去給醫生看，如有問題，再進一步作超音波檢查。心裡七上八下地靜等「宣判」，待技術人員推門進屋，即說帶我到另一個房間做超音波。哎！完了，明擺著有問題了。這時候心反而定了下來，告訴自己：「有就有吧！沒什麼大不了，治療就是！」

照完右乳的超音波，好的左乳也一併照了。然後又留我於原地，等待醫生看後的結果。當技術人員再度步入，宣告的竟是「一切正常」時，我愣住了，簡直不敢相信自己的耳朵。看我這呆樣，她重覆一遍。確信沒聽錯，欣喜之餘，「Thank God」衝口而出。

不過怎會有如此大的落差？她解釋：「也許做X光透視時，把右乳房壓得太厲害，讓組織看起來有異，才招致可疑。」

帶著彷彿「劫後餘生」的愉悅心情步出中心，腳步都輕快了些。迎面而來的是耀眼陽光、翠綠草坪、盛開花朵、拂面輕風，連路上行人看起來都和善可親。啊！這世界是如此美麗！

剛抵家門，鞋還來不及脫，就接到先生迫不及待打來的電話，得知沒罹癌後，他高興地說：「這值得慶賀一番，晚上別煮了，就去住家附近的餐館。」原來他斬釘截鐵地說「他們肯定弄錯了！」只不過是想安我心。他心情的轉折亦如我一般，似乘雲霄飛車，盤旋衝吊於高空中，直到現在才「碰一聲！」踏實落地。

餐館中，他以茶代酒說：「生日快樂！」祝我重獲新生。啊！虛驚一場後，這「重生」的感覺真好！端起杯子，我一飲而盡。

火鍋

與先生的口味不同，結婚這麼多年，始終沒能抓住他的胃，越煮越沒信心。每天一到煮飯時刻，就煩惱。自從先生接受好友給我的建議，周六與周日由他來掌廚後，我如釋重負。

兒子自幼吃慣了我煮的，對先生的煮法不能適應。初時，基於禮貌他還吃。後來則推說不餓，就不與我們一塊兒吃了。這對先生來說打擊不小，挺傷他的自尊，因他認為，全天下最好吃的莫過於他自己煮的。

我一向不講求口腹之慾，何況有他代勞煮兩天，心裡感激都來不及，還挑剔什麼口味？！兒子不吃，我更要捧場。

先生掌廚挺符合他一貫的做事原則——簡單、快速。他從不去為了迎合我的口味而傷腦筋，就這麼「乾淨俐落」地結束了「民以食為天」的這等大事！

去年冬天，他發現煮火鍋除了全身吃得暖和外，還有豐儉由人的好處，程序上更是省時省事，不用像煮菜，還得花腦子想如何搭配。把大白菜、豆腐、各種魚丸朝鍋裡一丟，水滾後端至桌上的電磁爐上，然後開始燙牛肉片、墨魚、魚片、蝦、百葉……，再燙些自種的蕃茄、青椒、蒜苗、青菜，最後下兩、三把粉絲，圓滿結束這豐盛健康的一餐。

兒子見了五顏六色的一鍋，自動歸隊。先生喜上眉梢，這「周末火鍋」煮得更是來勁兒。

原先他還能將菜餚略做些變化，自從這火鍋一上了桌，我知道，依他的個性，生活是越簡單越好，火鍋就下不了桌了。

果然，冬去春來，是火鍋。春去夏來，依舊是火鍋！在他心裡，既然這麼熱的夏天都能吃，別的季節就理所當然更能吃了。兒子退場，偶而想吃時才加入。我則依舊是先生的最死忠的「粉絲」（fans），從不言退。室外烈日炎炎、火傘高張；室內開上我們新墨西哥州特有的水冷式空調（Swamp Cooler），火鍋的騰騰熱氣絲毫未減。一滴滴的汗如雨下，邊吃得邊抹。

人是有慣性的，火鍋周而復始下來，我已習以為常。不但能接受，還從中領悟，日子就該像他這般簡單地過。

於是將他的原則推廣到我周一至周五的烹煮，定出：周一主菜牛肉，周二魚，周三豬肉，周四蝦，周五麵食（餃子、蔥油餅或麵條）。

設定了主菜，沒有了三心二意。只需在吃法上加以變化，或蒸、或炒、或紅燒。沒將先生不愛吃的雞肉納入，只要他一出差，醉雞、宮保雞丁、咖哩雞……輪流上桌，與兒子倆大快朵頤，一解平日吃不到的饞。

如今，臨到煮飯時刻，不用開著冰箱，猶疑不定地看個半天，煩惱該拿什麼出來解凍？心情一反往日，輕鬆愉快且篤定。

感謝先生周末付出的愛心與勞力，更感謝他將行事風格運用在生活中帶給我的啟示。

紫玉飄翠

大夥兒結伴上大陸旅行時，總喜歡買點當地特產。除了留作紀念，也算貢獻地方，促進經濟繁榮。數年前，初遊江南與絲路時，大家對什麼都好奇，興高彩烈地努力買。

等遊雲南時，見到以前所買的特產一一掛在牆上、擺在櫃檯、塞進抽屜，已達物滿為患的程度。不時得為這些「寶貝」撣灰塵，十足是人為物役。於是，團員們這次事先彼此告誡：「千萬別再見獵心喜，看到什麼都買。」

來到昆明，地陪阿勇帶我們去「七彩雲南」。在珠寶部門，大家非常有默契地，只是看看而已。僅買些特產——雲南白藥、雲耳、松茸等消耗品，回來後好自用或送人。看得出來，阿勇一臉的失望。

到了大理，地陪金花帶我們欣賞完名勝古蹟後，就去參觀玉石工廠。她說這是直銷店，價錢公道，比一般珠寶店便宜許多，因此不二價。超過三千元人民幣，皆可開具保證書，擔保絕對是真品。

還說：「雲南靠近產玉聞名的緬甸，各位下次來不知會是什麼時候？應該好好把握機會，現在就買。」彷彿錯過這村，就沒那個店似的。金花的話，甚具說服力，看來她比阿勇會推銷。

大陸深具文化底蘊的人文、地理景觀，值得我們去參訪的地方實在太多了，九寨溝、齊魯文化、三峽、關東、西藏……，還等著我們去呢。的確，金花說得對，想再來雲南，機會幾微，何況這玉是佩戴身上的，不佔家裡地方擺放，於是團員們隨著地陪，認真地左看右看起來。只要一人開買，其他的人似受到感染，陸續跟進。

珠寶中，對玉，我情有獨鍾。內蘊堅實的翡翠實君子之風的體現。《禮記》曾記載：「古之君子必佩玉，君子無故，玉不去身，君子於玉比德。」玉還以溫潤色澤代表仁慈；堅韌質地象徵智慧；圓形的玉更代表天地之間的和諧圓滿。心中自然興起也買個來戴戴的念頭。

無意中，抬頭與先生視線相遇。他立即轉頭對店員故作大款地大聲說：「她喜歡什麼，就給她包起來！」我指著那單獨放在玻璃罩內通體透綠的翡翠玉鐲說：「我喜歡這個！」先生湊過來一看標價——三十萬人民幣。明知我是在跟他開玩笑，他依舊嚇得噤聲。

挑中一個價格合適，淺白綠中隱隱約約泛著紫，帶上三處綠點的橢圓形手鐲。輕輕撫摸，感受它的冰滑圓潤，當戴上它貼著肌膚那一剎那，那感覺很奇妙，彷彿我們已相互等待數百年。難怪有人說玉是活的、有靈性的，能與妳的心思共鳴。

旅遊歸來，望著手腕上的玉鐲，不時提醒自己，為人要有如玉的品性。許是有緣，這淡紫中嵌綠的光澤，讓我靈光一閃，「紫玉飄翠」四字拂過腦際，多美的名字！自此，我就以「紫玉飄翠」名之。

每天凝視，來回摩挲，越看它，心中越愛！

有情天地——友情

玲玲，請多保重！

玲玲，妳走了正好一年，不知妳在另一個世界裡可好？猶記得去年此時，電話中忽然傳來妳的惡耗，如晴天霹靂，我呆怔當場。不敢相信，也不願相信，妳已於當日清晨病逝醫院。

自從前年二月得知妳患了急性骨髓白血症時，我的心就一直懸著，好怕妳就這麼走了。常常想著、想著，就眼眶泛淚。有一天，電話中，對著妳的婆婆，終於釋放出壓抑多日的懸念，失聲痛哭。

那時妳曾幾度進出醫院，接受化療的情況時好時壞。蒙醫生許可，能去探望妳時，反而是妳來安慰我。妳極力忍受化療及藥物所帶來的不適反應，憑藉著不屈不撓的毅力，堅持著，奮力抵抗癌症病魔的無情襲擊。看妳以淡定積極的態度去面對生死時，所展現出的勇者風範，令我好生佩服。

醫院一方面進行化療，一方面尋找骨髓配對。很可惜妳的親人中都沒有合適的，各地骨髓資料庫裡也沒有。這裡的醫院告知：妳的身體狀況已不能再接受化療了，於是妳轉赴德州有名的癌症治療中心。在停留的三個月中，接受了幹細胞移植。從德州回來時已是十二月了，聽妳在電話中的聲音，中氣十足，我好高興，妳的病情似有了轉機。當時我正忙於赴多倫多，與父母親友共度聖誕及新年假期。

假期結束返回後，接到妳的電話：「我可以來看妳嗎？」「當然！當然！歡迎都來不及。」心裡慚愧，應該我去看妳才對，其實多少也是顧慮——妳不是住在醫院裡，沒有醫師替妳的身體把關，還是小心為要，別感染上了細菌。而妳卻說妳好多了，早已出來走動，甚至去超市買菜。

迎妳進門後，妳真誠地告訴我：「以前我不會主動上門，如今病後方深深體會——想做什麼，得及時。好想念妳，於是就來看妳了。」知道我跌斷的腳骨，至今走路依舊疼痛，妳特地送上親為我縫製的暖包（Heating Pad），還說是請教醫院裡的護士學會做的。好感動！病中的妳還依舊念著我，妳就是這麼個細心體貼的人。

泡上西湖龍井，我們臨窗而坐。邊品香茗、邊賞院中景色、邊天南地北地閒聊。妳原本打算坐二十分鐘就走，但沉醉在那份舒心愜意中，竟不覺時間之飛逝。妳一看錶，急著離開，臨走時還不好意思地回過頭說：「我是不是有點過份？說坐二十分鐘，結果竟坐了兩個多鐘頭。不過我好開心，這真是一段美好的時光。」妳帶著一臉滿足的甜笑，向我揮手道再見。沒想到距我們那次相見才兩、三個禮拜，妳那天的音容笑貌還不時清晰地浮現在我腦海，妳就突然地走了。事後聽說妳在德州的移植手術其實並沒有成功。

妳的兩個孩子早已畢業，在別州做事，毋需妳再操心，妳心中唯一放不下的就是先生漢民。妳生前不止一次地告訴過我，能有漢民這麼個體貼入微的好先生為伴，是多麼幸福，說時妳臉上還煥發著不枉此生的光輝。我們知道：在漢民心中，妳何嘗不是一位難得的賢慧妻子。怕他無法排解對妳的思念，於是我們約他加入每周六的爬山活動，而且帶他多方參加朋友間的聚會。玲玲，放心吧！我們會代妳好好照顧他。

有人說：「朋友，不一定錦上添花，但一定雪中送炭；不一定常常聯繫，但一定放在心上。」是的，我們已經不能常常聯繫，但我一定將妳放在心上。尤其那天那段美好的時光，已永遠鐫刻在我記憶深處。這份情，就讓我們來生再續吧。千言萬語，最後，容我將它化為一聲深濃的叮嚀：「玲玲，請多保重！哪怕妳是在另一個世界！」

別來無恙？

流年似水，一去不返。屈指算來，我們自台北一別，竟已四十多年。

我們同唸台南公園國小，妳與姐姐同班，高我一屆，每天咱們三人一起穿過公園上學。那時公園裡的馬路邊，是用磚塊斜立在土裡，一路呈鋸齒狀地排列下去。我喜歡走在這鋸齒狀的磚尖上，好像馬戲班裡的人走鋼索。姐姐罵我調皮，走路沒女孩兒樣，萬一沒站穩，摔傷了怎麼辦？而妳總坦護著我，跟姐姐辯道：「我在她旁邊看著，沒事兒，她這是在練習穿高跟鞋。」當時，妳豐富的想像力及急智給我留下了深刻的印象。

可惜妳沒唸完小學就舉家遷往新竹，剛開始妳還與姐姐通信，描述風城的風，後來就音訊杳然了。過了許多年，當不時在報上讀到妳的文章時，我欣喜若狂。那時的妳，在文壇已小有名氣。知道妳家已遷至台北，而我亦正好來台北唸大學，就試著寫了一篇〈重逢何日〉投至《中央日報》。雖不曾提名道姓，刊出後，妳知是我，向報社查詢到我的地址，竟真的跑來宿舍找我。門房對著三樓窗戶，大叫我的名字有外找，我飛奔下樓，望著妳，傻笑著，不敢相信這是真的。

妳出落得亭亭玉立，已不是我記憶中的小女孩模樣。身材高挑、皮膚白皙，清秀的臉龐上，有著一雙修長的眉及盈盈秋水般的眼眸，襯出妳高雅脫俗的氣質。如絲的長髮在腦後紮起個馬尾，隨步搖幌，添了份靈動韻緻。

周末假日，妳約我去碧潭泛舟。遊完，帶我回家吃妳母親包的餃子，共享家的溫馨。隻身在台北求學的我，有了妳的照顧，心情不再孤單寂寞。

我倆曾躺在宿舍前的草坪上，望著一輪明月，妳豪情萬丈地對我說：「以後我寫的文章，由妳來翻譯，暢銷全世界。」雖說我唸的是外文系，但那時班上的英文曾被俞大綵教授罵得體無完膚，哪有能耐當翻譯？我沒敢說出，怕掃妳興，猛點頭。想想那時，年少輕狂，有夢何妨？

不知從什麼時候開始？或許彼此都忙，又各自回到原有的生活軌道。漸漸地，再度失去了聯繫。日後，我依舊是從報章雜誌上獲得妳的消息。知道妳大學畢業後，考取了電影公司的編劇，去了香港，之後妳還在那兒辦了個頗為暢銷的雜誌，就此定居於香港。在我眼中，才貌雙全的妳，當時如從幕後走到幕前，想必也會紅極一時。

韶光易逝，歲月催人老，幾十年就這麼過去了，不再從報章雜誌上獲知妳的消息，想必是長江後浪推前浪，江山代有新人出。妳就像斷了線的風箏，飛出了我能掌握的資訊視野，再度音蹤杳然。心裡有股說不出的淡淡惆悵——我們是否早已「相忘於江湖」？有機會再相見時，是否會「欲訴已無言」？

每當仰望蒼穹，看見皓月當空時，總會不期然地想起了妳。山的稜線在清涼的夜色中，朦朧起伏，寂靜由四野圍攏過來，妳的身影也漸漸由遠而近，清晰地浮現腦海。在心底，我一遍又一遍地默問明月：「一別經年，妳可是別來無恙？」

再過幾天，中秋佳節將臨，想著——哪怕隔著千山萬水，我們依然能「天涯共此時」、「千里共嬋娟」，心中稍覺寬慰。今年，忍不住鄭重地請托明月，給妳捎上我滿心的祝福與一年濃過一年的思念。

一把尺

拉開抽屜，想找幾年前在後院拍的滿架紫藤花照片。翻來翻去，照片沒找著，卻瞥見壓在卷宗底下的一把尺。

這把木尺，已經很舊了，兩邊尺緣上還沾著原子筆的點點墨跡與牙齒凹痕。肯定是做數學題時，邊想邊放進嘴裡琢磨著答案咬的。那是四十幾年前，小學同學英子的父親做來送我的。看見尺，英子清秀的臉龐頓時浮現眼前。

英子性格內向，沉默寡言，極少與人交往。聽說母親因生她，難產而死。英子父親極疼她，沒再娶，與她相依為命。

在教室裡，我與英子隔鄰而坐，久了，兩人漸由陌生至熟悉，終成為無話不談的好朋友。每回到她家做功課，她父親總開心地張羅些零食給我們吃，走時，還不斷地叫我要常來。

有一天，當母親告訴我要搬家離開這小鎮時，我好難過。英子知道這消息後，眼眶直泛紅，半天沒說一句話。可以想見她不願我走，不願失去可以暢訴心懷的知心朋友。臨走那天，我到她家告別，英子遞給我一個用報紙包好的東西，打開一看，是把木尺。

英子說：「這是我爸爸特為妳做的。」我好喜歡，再三道謝。它實用又美觀，皮刨得很光整，散發出木製品特有的材香。上有刻度，中間還有條凹槽。做功課時，可將筆放在凹槽內，筆就不會從桌上滑落。他想得真週到。

英子父親說：「謝謝妳，跟我們家英子作伴這麼多年，這把尺送妳作紀念。」他意味深長地接著說：「有形的尺對妳現在很實用。長大後，在心中，存放一把無形的尺，用它來衡量事情，其實更重要。」我似懂非懂地點點頭。

長大後，終於明白了。讀聖賢書，從中吸取的教誨，點點滴滴，日積月累，已在心頭打造了一把無形的尺。行事時，自然而然地會用它來丈量，使行為不致逾越該遵守的尺度；也領受到做個君子當「有所為，有所不為」的深意。

來回摩挲著手中這把尺，它如同我，已不復當年的光滑潤澤，尺面上刻滿了歲月的斑駁痕跡。邊撫摸，邊在想，如果人人心中，存放著一把無形的尺，隨時以它來警惕及丈量自己的言行舉止，那麼當今這社會就不會出現這麼多匪夷所思、駭人聽聞的亂象了。

「老母雞」的聚會

大前年，由幾位住在美國的同學發起，聯絡散居於台灣、香港、法國、加拿大、美國等地的同學，於加州洛杉磯第一次舉辦我們這一屆畢業的台南女中同學會。

臨赴洛杉磯前一晚，翻來覆去興奮得睡不著，那心情就像唸小學時等待次日去遠足一樣。腦海中浮現的同學，依舊是白衣黑裙，頂著清湯掛麵式頭髮的模樣。四十幾年不見，不知她們如今變成什麼樣了？

原打算去前染一下飛霜的頭髮，再捲上髮卷，吹弄一番，好美美地見老同學。誰知忙得抽不出空，只好作罷。曾邀先生陪我一塊兒參加，他說這是群「老母雞」的聚會，他不便「打攪」。

一踏進會場，乍相見的同學們，彼此發出連連的驚叫聲，耳邊響起「妳怎麼一點兒沒變？」的相互「讚嘆」！其實心裡都明白，這純屬善意的慌言。細看下，有些同學頭上已添了白髮、臉上加了皺紋、身材也發了福；不過有些卻得天獨厚，仍是一副跳國標舞的好身材。睽違多年，難免有點陌生，多聊幾句後，發現同學們說話的表情，還是一如當年。在驚喜的緊擁與笑語中，大夥兒跨越歲月的鴻溝，依稀回到了從前。

那時，大家一起坐在教室裡，認真聽老師「傳道、授業、解惑」；一起走出教室，體會「寓教於樂」的歡欣──在校園露營，學搭帳棚、升火、炊煮，夜晚在帳篷裡說著悄悄話；在分到的一小塊地上，共同鋤土、播種、澆水、施肥，身體力行去領悟「一分耕耘，一分收穫」。一起走過的青春年華，實在有太多難忘的回憶：「為賦新詞強說愁」的少女情懷──煙雨斜陽下，看磚紅色的樓房校舍，沐浴在淡金色的光影中，沒來由地為那一片迷濛勾起了惆悵；鳳凰花開時，那一片艷紅如火如荼地燃燒至天際，驪歌輕輕唱起，胸臆間脹滿了離情別緒……

晚會主持人的發言將我從過去拉回眼前。她要每個人輪流敘述畢業後的生活──求學、就業、婚姻、子女，好彌補起大家對這段空白的關懷。聽到某些同學在專業領域的傑出表現，大家與有榮焉，紛紛熱烈鼓掌。看得出我們這群「南女人」，心心念念，牢記著景生然校長與老師們的諄諄教誨，各自在人生的舞台上，努力經營自己的家園，進而擴展至社會，扮演好各階段所飾的不同角色。

生命苦短，有如一年之四季。我們已度過人生之春、夏，正處於秋之豐收期，方得首次重聚。原先如同散落一地的珍珠，既然由同學會這根線好不容易將大夥兒串連起完整的一串，何不續造再聚的機緣？日後步入人生的冬季時，身旁仍有妳我青春時期的夥伴，攜手同行，將關懷、溫暖互相傳遞，該有多麼美好！於是大夥兒一致通過——每兩年舉辦一次活動，且選定了下次集會的地點。

晚會在唱台南女中校歌聲中，圓滿結束。彼此依依不捨，互道珍重再見！

出塵入世

那年夏天，靜等大專聯考放榜。沒想到我們這群死黨全上了榜，大夥兒樂翻了天。開學時，難掩好奇興奮的心情，心想，大學生就該有個大學生的樣子。學著別人，手拿著書貼在胸前，甩著長髮，昂首而行。眉梢眼角掛著笑，而且走路有風，好像世界已是伸手可及。

學長們為所屬社團努力招攬新團員，對我們這群新生鼓起如簧之舌。曉雁回來跟我商量，說什麼不能辜負多彩多姿的大學生活，不去參加社團，生活怎麼多姿得起來？聽來有理，是該去體驗一下。選什麼社團好？我倆都有羞怯的毛病，不擅言辭，將來很可能錯失許多「良機」，於是就選了「健言社」，希望能練出說話的膽量與技巧來。

寢室裡居然沒人響應，淑慧笑我們，「說話還用練？」對她這隻百靈鳥來說，說話就像唱歌似地，悅耳動聽。她不只口才便給，舞還跳得一級棒。不用參加社團，就邀約不斷，她的生活已然多彩又多姿。

半年過去，成效不彰。曉雁與我這兩隻土雞，看來成不了鳳凰，雙雙打退堂鼓，不再去「健言社」，時間花在當家教上，賺取生活費還實際些。沒想到淑慧倒去參加了社團——「晨曦社」，顧名思義，我們以為她晨起，追逐太陽，打太極拳，練身體去了。她罵我們沒知識，這是一個佛學社團。奇怪了？她怎會去研究佛學？後來才知道她愛上了「晨曦社」的社長！

淑慧家有頭有臉。大三那年，她父親已替她相中一位剛從醫科畢業的學生。在台南，有錢人家的小姐嫁給醫生，已蔚為風氣。男方也可因女方帶來的豐厚妝奩，順利開創事業，少奮鬥幾年。放暑假，她父親特別舉辦了舞會，讓他們有機會多接近。老一輩有社會地位的人士，以跳舞為社交，不時風雅地在舞會中大跳探戈。異於阿根廷，台南探戈節奏分明中，卻多了份耐人尋思的含蓄韻味。

以為愛跳舞的淑慧與醫生多跳幾次舞，「晨曦社」的社長就該靠邊站了。假期結束，返校後，大夥兒圍著她，七嘴八舌，想知道「花落誰家」？不知是不是參加「晨曦社」多年，已收潛移默化之功？淑慧端凝地勸我們別亂打妄想。

大學四年，轉眼即逝。畢業後，大家各奔前程，在萬丈紅塵裡，汲汲營造各自的人生，同學間鮮少再聯絡。待忙完人生階段性的任務，一回首，青春如同小鳥，一飛不返，幾十年就這麼過了。前年抽空返台，找著曉雁，兩人話匣子一打開就關不住，似「白頭宮女話當年」。不知死黨們是否別來無恙？問及她們的狀況時，我突然想起了淑慧，忍不住問：「淑慧究竟嫁給了誰？」曉雁賣關子回我：「妳猜猜。」「我判斷，依她個性，準是嫁給那社長。」曉雁搖搖頭，「怎麼可能？她不是勢利眼，應不會嫁給那醫生。」曉雁又搖搖頭，我迷糊了。「怎麼回事？妳快說。」「她─出─家─了！」曉雁一字一頓清晰地吐出這幾個字。

哇！這倒是跌破我眼鏡。「花樣年華，怎麼就毅然決然，走出塵世？」曉雁收起笑臉，嚴肅地說：「淑慧將小愛轉為大愛，忙著在人世間，四處講經說法，為眾生拔苦予樂。」她一本正經地糾正我，「淑慧，她這不是出塵，而是入世！」

瓜果飄香

一樹杏黃

杏花如期在枝頭盛放，給後院捎來春的信息。棗紅色的花苞一一綻開，露出淺粉色的花朵，擠滿一樹，如火如荼地開向藍天，襯上背後的朵朵白雲，絢麗的花景光彩照眼。很幸運，沒有意外的晚雪壓境，所有花苞得以倖存。數十隻蜜蜂發出嗡嗡聲，忙碌地穿梭於花間，傳播花粉。

十幾天後，花漸落。光禿的枝上陸續冒出了新綠，神清氣爽地向四周伸展開來。遠看，枝椏上綴滿了點點綠梗，以為是嫩葉；近看，方知是一顆顆小果子。酷愛蘇東坡的先生脫口吟道：「花褪殘紅青杏小，燕子來時，綠水人家繞，枝上柳綿吹又少。」不待他續吟，我替他大聲唸出男士們常愛引用的「天涯何處無芳草」！

天漸暖，日照時間增長，加上雨水滋潤，杏樹益發長得茁壯起來。看著密密麻麻的青杏，我們擔心日後樹會不堪負荷，於是狠起心腸，摘掉數百來顆，以免將來枝條被眾多的果子壓得低垂，有斷裂之虞，而且結的果也不會大。

五月末，鳥兒的叫聲，此起彼落，似比平日來得多。看它們吱吱喳喳地在杏樹間盤旋，我好奇地走近一看，原來是杏子已微黃。也許是還沒熟透，它們只輕輕小啄，嫌硬，就飛開了。

根據往年經驗，只要杏子熟了，準定是鳥兒先嚐。它們很聰明，專撿熟的吃，這個咬兩口，那個啄幾下，多半的果子沒等摘下，就已面目全非。

先生特為此買個大網子罩下，企圖網住一樹杏，只道是樹上的水果與朋友、鄰居分享。其實與鳥兒分享又有何妨？許多人不是還刻意在院中掛上架子，擺放鳥食，等鳥兒來吃，好在一旁靜靜欣賞鳥語花香的大自然世界，不也挺舒心愜意？這麼轉念一想，於是，我們也網開了一面。

六月中旬，杏子已次第成熟，挑幾個被鳥兒啄過的來吃，完好的拿去送人。一口咬下，如蜜般的特殊香甜味，在口中散開。瞧見隔壁老外正在院中澆花，省得我去按門鈴，隔著院牆，遞上一袋。

過兩天，他也隔著牆頭叫住我，直讚美我們家的杏子比市場上賣的甜，我心想：那倒是，樹上自然熟的，總比商家考量運送費時，未待熟透即早早摘下的甜。他還遞給我一盒他女兒用我們家杏子做的冰淇淋，這倒給了我個意外驚喜。

從沒吃過杏子冰淇淋，揭開蓋子，奶油色的香草冰淇淋中，襯著點點杏黃，清亮柔和地呈現眼前。視覺上的美感，先就使眼睛吃了冰淇淋。捨不得大口吃，舀一小匙，放進嘴裡，輕輕一抿，慢慢享受。哇！一嚐，更使人驚艷。初夏，這冰涼香甜的滋味混合著鄰居的溫情，就這麼一小點一小點地，從舌尖直滑進心底！

滿樹李紅

先生不是農家子弟，卻對耕種「情有獨鍾」。炎炎烈日下，依舊在後院揮汗如雨地「開疆闢土」。數年下來，在我堅持得「不礙觀瞻」的條件下，他充分利用可耕種的面積。哪怕角落只剩一小塊地，將它開墾出來，種上兩三棵蔥蒜、辣椒也是好的。

自小與他一塊兒長大的好友，從基隆萬里迢迢來探訪我們。當好友讚美滿園花樹時，先生慨嘆：「地不夠大，不能再多種點果樹。」好友靈機一動：「幹嘛不種在草坪上？自動噴水器噴灑草坪時，不是連樹也順便澆上了？」一語點醒，原沒想到草坪還可如此利用，先生即時起而行，在草坪內緣陸續種上了杏、梨、櫻桃、核桃、柿子及棗子樹，加上池塘邊原先種的桃樹，這一下總算圓了他滿園瓜果飄香的夢。

每天在後院巡視。看見杏樹，他會說「杏林春暖」；梨樹就來句「梨園子弟」；桃樹他冒出「今日桃李芬芳，明日國家棟樑。」一聽，我心想：不得了！我們家沒李樹。果不其然，他接著說：「咦？沒李樹，怎麼個桃李芬芳？得買棵李樹來種。」

就這樣，瘦若竹竿的李樹進駐了咱家後院。刮大風時，婀娜柔弱的李樹跟楊柳似地隨風搖擺，先生趕緊在樹兩邊釘下木桿夾住它，免得它東搖西幌。李樹成了他的新寵，呵護備至。幾年下來，樹幹已粗壯起來。去年一樹潔白的李花，在繁花似錦的園中，獨樹一幟，反倒引人注目。可惜花兒正盛時，被風一一吹落，沒能結出果來。

今年大不同，起風稍晚，果子已在枝條上成形，沒受到摧殘。反而是我們，怕日後纍纍果實太重，壓斷樹枝，於是三番兩次「心狠手辣」地疏果。

李子漸漸由小變大，由青綠變杏黃，再由杏黃變豔紅。模樣飽滿圓潤、玲瓏剔透，甚為討喜。據說李子能促進消化、增加食欲，不過由於它含高量果酸，多吃傷脾胃。其實吃不完，可曬乾作果脯，或製成罐頭，有人還拿它來作成甜中帶點兒酸的李子酒。

沒等熟透，先生即摘幾個來嚐嚐，果肉堅實清香，他直誇讚。我嚐一口，有點兒酸。我喜歡吃甜一點兒的，於是多等幾個星期。李子顏色由豔紅轉棗紅，捏一捏，果肉軟軟的，這時入口，香甜的蜜汁在口中流竄，不是「老王賣瓜」，覺得這輩子還沒吃過這麼美味的李子。

看我的饞相，先生一臉自得。心生感激，要不是他平日的辛勞，哪有今日的豐收？其實不只是後院耕種，在日常生活中，點點滴滴，他總默默付出。對他，我豈是一個「謝」

字了得？

滿樹李紅，這個周末給朋友摘些送去，共嚐美味，同時也分享咱家豐收的喜悅！

仙人掌果

當初佈置庭院時，利用此州充足的日照，在西邊闢了個沙漠花園，種上各種仙人掌類植物。夏初，大朵、小朵，黃的、紅的，顏色深淺不一的仙人掌花開滿一地，豔麗搶眼。過後，大朵花兒墜落，結出果子來。

我們這州因氣候、土壤的關係遍布仙人掌。它屬石竹目（Caryophyllales）仙人掌科（Cactaceae）。全世界約有兩千多品種，其中一半左右產在墨西哥。乾旱季節，它進入休眠狀態，把體內養料與水分的消耗降至最低。它無懼土壤貧瘠，天氣乾旱，仍一逕生意盎然地挺立著，那股頑強的生命力令人驚嘆，難怪墨西哥以它做為國花，象徵他們人民堅強、勇敢、不屈、無畏的精神。

絕大多數仙人掌是供人觀賞的。可食性仙人掌只有兩大類：一類是葉子可當蔬菜食用的菜用仙人掌，將仙人掌去刺、削皮、水煮、切片，然後放入各種調料拌成爽口的涼菜，這是墨西哥人喜愛的蔬菜之一；另一類則是「杜娜」仙人掌，這種仙人掌因結的果實叫「杜娜」而得此名。

夏末，這梨形「杜娜」果子的顏色漸漸由淺轉深。秋天，它飽滿圓實的身子，透出紫紅的光澤，迸發出豐熟的氣息，這時就可吃了。

正巧弟弟一家來訪。在北國一住二十多年的弟弟從沒見過仙人掌果，對它十分好奇。聽我們說這果子能吃，就迫不及待地摘個下來。我們正張嘴警告他「小心有細刺。」他卻已一口咬下，只聽他哇啦哇啦大叫，刺已沾到唇上舌尖。弟妹趕緊找出拔眉毛的小夾子，一邊幫他拔刺，一邊數落他「哪那麼貪吃？」

他問我：「這果子這麼多鉤毛細刺，妳是怎麼吃的？」我將它剖成兩半，裡面的籽像石榴似地，色澤鮮艷，通體晶瑩，如紅寶石，肉細汁潤，瞧著已是「秀色可餐」，再用小匙舀來吃，可惜有許多籽，吃起來不是很方便。墨西哥人將籽照吃不誤，我沒辦法吞下。把帶有清香的汁液慢慢吸吮乾淨後，將籽吐出。

弟弟一聽，直嫌麻煩，加上剛剛被刺的餘悸猶存，他猛搖頭，對它再也沒興趣了。我忍不住告訴他，仙人掌可是保健聖品。據世界衛生組織考察，有「仙人掌王國」美稱的墨西哥，其癌症、心腦血管疾病和糖尿病發病率在世界各國為最低，因這食用仙人掌含有豐富的蛋白質、礦物質、維生素、胡蘿蔔素及十八種氨基酸，可增強人體免疫力，還能降脂減肥降壓。

有這麼多好處，又逢豐收期，不吃可惜，尤其聽到能減肥，弟妹眼睛一亮，腦子一轉，她說：「有了！我們打果汁喝。」這的確是個好辦法。戴上手套，採它一籮筐，削掉皮，打成果汁。甘甜中帶股清香，弟弟喝了直問：「還有沒有？再來一杯！」

我忽然想到它晶瑩鮮艷的色澤，何不拿來釀酒？曾聽人說過仙人掌果酒是世界上公認酒類之極品，珍貴稀有。能行氣活血、健脾止瀉、安神利尿、健胃、鎮咳等。先生曾將院中的葡萄、杏子拿來製酒，仙人掌果酒應難不倒他。他躍躍欲試，可惜所剩果子不多了，且待明年吧！

請參照書前附圖六　仙人掌果。

朝天椒

那年春天，打從知道我父母親將於夏天從多城來探視我們，先生即在後院種上辣椒中的極品——朝天椒，以示孝敬，因為雙親是四川人，性喜食辣。

先生擔心種不好，多買了幾個品種，看所附圖片上，有像子彈頭的、雞心的、中規中矩向上簇的。他殷勤地照顧，看著朝天椒的莖長高，枝葉繁茂，方放下心來。待雙親來時，花已落盡，開始結果了。母親每天一早，在後院做完甩手運動後，即去探看辣椒長大點兒沒？

據母親說，在四川老家，她還沒出嫁當姑娘時，因外公早逝，就常幫著外婆在田裡種菜，所以一看見我們院裡種的各種青蔬就覺得特別親切。有時候，碰上節日，為示隆重，我們特意請父母親上館子慶祝，母親雖不喜歡，但不願掃興，還是去了，不過事後總說：「館子裡的菜哪兒有家裡剛從土裡拔出來或摘下來的新鮮好吃？下次別去了。」

朝天椒不負眾望，結得密密麻麻。初長的小個頭兒，像掛滿雲河的滿天星斗，閃爍著碧綠的光芒。母親挑幾個大一點兒的，洗淨剁碎，加上切細的蒜粒，倒入醬油、醋，再灑上幾滴麻油，一股清香隨入鼻來。一向怕胖的我，那晚，多吃了半碗飯。

母親變著法兒吃辣椒，不管生吃或用它當配料爆炒青菜，都好吃極了。有一天，我突然想起來，問：「朝天椒不是紅色的嗎？怎麼我們家的不紅？」先生忍不住笑我：「它還來不及變紅，就被摘下來吃了。」母親還是沒能等到朝天椒變紅，就與父親返回多城了。

雙親走後，朝天椒的色澤終由綠轉暗、再轉紅，滿樹綠油油的葉片，將辣椒襯托得更加明亮紅艷。單純的紅綠二色，讓我不由得聯想起聖誕節。對了，待聖誕節來時，將串起的朝天椒，掛在聖誕樹上做裝飾，那棵樹是否會給寒冷的冬日帶來份熱辣？邊想，邊摘下滿滿一篩子的朝天椒，放在向陽的窗檯上曝曬，可留待來年再用。

隔年夏日，有一天，在超市居然看到我們這小城難得有的空心菜，我好興奮，辣椒蒜粒炒空心菜，太棒了！是久違了且永遠吃不膩的鄉味。買回家後，立即將乾了的朝天椒放在砧板上，開始將它剁碎，沒想到一小碎末蹦進了眼裡，本來敏感的眼睛就容不下任何異物，何況是辣椒？當時又痛又辣，頓發出慘烈地大叫，嚇得先生與兒子從樓上衝下來，急問：「怎麼了？」先生問：「要不要去醫院掛急診？」老天爺！我一秒鐘都受不了，哪堪折騰去醫院？

「那怎麼辦？」先生才說完，猛想起，前兩天他買了瓶眼藥水，趕緊拿來試試。當他扒開眼睛時，痛得辣得我全身直發抖。看我這慘狀，先生也緊張得猛擠藥水，看不見辣椒末被沖出來沒？他停下來，讓我閉上眼感覺看看。咦？好多了，有效耶！眼睛睜得開了。先生說：「別煮了，我們上館子吧！」「不！都準備好了，還是在家吃吧！」不就嘴饞，想吃它嗎？怎能臨陣放棄？何況已驚天動地了一場！

事後想來，覺得好笑又不可思議，頻頻自問「這種事怎麼可能發生？」長這麼大，還不曾聽說過，有誰的眼睛裡蹦入顆辣椒末來，但它畢竟發生了。這朝天椒的威力，我印象深刻，不僅在味覺上，更是辣在我的視覺裡！

冬瓜

那年夏天，自從在院中大啖西瓜，籽不經意地由石縫隙裡掉進土中，次年結出又大又甜的西瓜，給了我們啟示後，於是每年一到春天，我們即刻意地撥開石礫，翻開下面一層防草生長的布，在土裡埋下種子，不只種西瓜，還種市場上單價較高的冬瓜。

《本草綱目》內之「釋名」：冬瓜在冬月成熟，故得名冬瓜。其他資料上卻記載：冬瓜主要產於夏秋季，取名為冬瓜是因為瓜熟之際，表面上有一層白粉狀的東西，就好像是冬天所結的白霜，所以稱之為冬瓜。我想也許因所處時地之不同，瓜之成熟就有了早晚，因此才會有生產季節不同之說。

不管冬瓜產於夏秋或冬，印象中，在台灣好像隨時都吃得到冬瓜。從小到大，餐桌上，最常見母親燉的湯就是排骨冬瓜湯。母親直說這湯喝了好，又有營養又清火，要我們多喝點。其實冬瓜本身沒什麼特殊引人的味道，純靠熬煮出來的濃郁湯頭襯出它的清淡甘甜。

除了在餐桌上外，南台灣的街道旁隨處可見攤子上賣冬瓜茶。夏日，走得滿頭大汗時，來上一杯，生津止渴，暑氣頓消。過年時，應景的瓜果盤內更少不了冬瓜糖，可見冬瓜的普遍性。

三十幾年前，移民海外後，發現在台灣極為普通的冬瓜，在國外竟搖身一變，十分稀奇起來。請客時，為示隆重兼解饞，買了一片精貴的冬瓜來，不過做不成讓大家能大塊豪奢吃的排骨冬瓜湯，只好切成小粒，再搭配其它食材，做成細緻的八珍湯，大家來分嚐。看著湯裡這麼小的冬瓜粒，吃起來實在很不過癮，這時深深懷念起大口吃母親燉冬瓜湯的日子來。好在多年下來，隨著逐漸增多的中國人移居來此，因應市場需要，冬瓜已慢慢多起來，價格也沒那麼貴了。

先生擅於充分利用耕種面積，院子裡除依季節輪番上陣的雪豆、生菜、蒜苗、黃瓜、青椒、蕃茄、辣椒、韭菜、四季豆及冬莧菜外，這石礫地上還爬滿了西瓜與冬瓜。秋天是豐收的季節，現在院子裡最顯眼且最有份量的就數冬瓜，個個飽滿圓鼓，重達二、三十磅。

朋友辦 Potluck 時，我燒上一大盤冬瓜百果，頗受歡迎。將作法公佈於後，與大家分享。

一、鍋熱入油，爆香數朵泡軟的香菇、薑絲與白果一罐。

二、入水五杯、醬油三大匙、冰糖兩大匙，煮開。入冬瓜，煮至熟爛。

三、取出冬瓜擺盤四周，中放香菇、白果，淋上剩餘湯汁即可。如喜色彩紛呈，可撒上些紅椒絲、青蔥絲搭配。

這道健康美食，不只賞心悅目，也簡單易做。想要體健輕瘦，不妨多吃。趁它正是當令季節，歡迎您一塊兒來試試，保準家人吃過後，會豎起大拇指，誇聲「讚」！

冬莧菜

那年，母親在她小院一角，專為灑上老鄉送她的菜籽，闢了塊菜圃。開始勤勞地澆水、施肥。每天到菜園殷切探望，日子過得似有了盼頭，不再輕飄飄、空盪盪。看菜籽由發出小苗，到葉子長得肥嫩可食後，她興沖沖地摘了些，給我們送來。

一看這菜，很陌生。從小到大，別說沒吃過，甚至沒見過。問母親這是什麼菜？她喜孜孜地說：「冬漢菜」。母親的四川口音，她一向將「莧菜」唸成「漢菜」，我知道，這「冬漢菜」準是「冬莧菜」了。它跟莧菜口感完全不同，長得也不像。葉片圓如豬耳，顏色翠綠，葉梗也是綠的。吃起來滑滑地，透著綠蔬的清香。

台灣一年四季幾乎什麼青菜都有。在台時，為什麼我從沒見這菜在市場上賣過？母親什麼時候吃過？看出我的狐疑，母親輕聲說：「小時候，我在四川吃過。」難怪，她的表情喜悅中透著微微悵然。吃進她嘴裡的，也許不只是久違了的那份思念，應該還有種淡淡的、朦朧的鄉愁吧！

出於好奇，我查下相關資料。真是不查不知道，一查嚇一跳。這不起眼的「冬莧菜」居然大有來頭。原來它就是在歷史文獻和古典詩詞中多有記載的「冬葵」。在漢《樂府詩集》裡，有《十五從軍征》——

十五從軍征，八十始得歸。
道逢鄉里人，家中有阿誰？
遙望是君家，松柏冢纍纍。
兔從狗竇入，雉從梁上飛。
中庭生旅穀，井上生旅葵。
春穀持作飯，採葵持作羹。
羹飯一時熟，不知貽阿誰。
出門東向望，淚落沾我衣。

詩寫得平淡而真實，沒有呼天搶地的激情，讀來卻沉痛驚心。「春穀持作飯，採葵持作羹」中的「葵」即「冬葵」，亦即「冬莧菜」。原來古早時代，就已有了它。

戰國、秦、漢時期，蔬菜品種不多，主要有五種，即《素問》中所說的「五菜」——葵、藿、薤、蔥、韭。葵，指冬葵；藿，指大豆苗的嫩葉；薤（讀音為謝），是泡菜中常見的蕎頭；蔥、韭，是現在的蔥與韭菜，葵被列為首位。元代王禎的《農書》還稱葵為「百菜之主」。後魏《齊民要術》中，以〈種葵〉列為蔬菜第一篇，專門講述冬葵的栽培技術。其地位在當時之重要，可見一斑。

蔬菜的命運，也和世間萬物一樣，有其興盛和衰微。葵本是中國的主要蔬菜，到了明代，外國的蔬菜被廣泛引種，品類繁多。人們「崇洋」心態，漸把冬莧菜給忘了。連李時珍的《本草綱目》中，也把它列入草部，不再當蔬菜看了。它味甘、性寒、利尿、解毒清熱，含胡蘿蔔素、維生素B1、B2、維生素C、鐵、鈣、磷等，將它的花或根煎湯去渣，加適量冰糖，入口含漱，徐徐咽下，還可治咳嗽喉痛。可惜呀！這麼好的菜竟被遺忘了。

問母親要了菜籽，我們在後院大片種起了它。它的採摘方式與韭菜相似。割了又長，長了再割，日日不斷吃。在此地，它是夏天開紫白色小花，接著結籽；秋天，密密麻麻的籽，隨風狂舞，紛紛飄落土中。來年春天，會自動發出來，不用再播種，真是省事。

它有四種吃法：放蒜清炒、略燙後撈起涼拌、熬稀飯和煮湯。因先生不喜吃稀飯，所以在我們家僅以其餘三種吃法輪換。我較偏愛將它丟進熬好的雞湯中略煮，菜吃起來滑溜爽口，湯喝起來清腴鮮美。亦可加入豆腐，更營養潤口。

我邊吃，邊細細咀嚼品味。它數千年來厚重、滄桑的歷史，彷彿一一於舌尖掀開，在齒頰間滾動。我告訴自己，得好好呵護這片菜園，讓具有上古遺風的「冬莧菜」，在咱們家重現它古時的風采。

請參照書前附圖七　冬莧菜。

美洲南瓜豐收囉

先生平生兩大嗜好：一是釣魚，一是耕種。

去年入冬前，找來工人，將新居院牆後邊屬於我們的斜坡地築起圍牆，以免日後野兔或其他小動物鑽入，啃食辛苦栽種的瓜果菜蔬。同時請工人將坡地整平，依地勢分成四個梯田，除便於耕種外，大雨滂沱時，也可避免雨水沖刷而下，造成土石流。

圍牆築好了，灌溉系統也做好了，萬事俱備，就待春天來臨。可是站在坡上，放眼望去荒地裡盡是黃砂土，毫無養分。入春，先生四處打聽，何處可買腐殖土。卡車運來黑色腐殖土時，因進不了圍牆，司機在牆外將泥土倒下就走。先生不辭勞苦，用他的手推車一車一車地將這些土，分批搬至牆內。

五月，天氣漸趨穩定，於是他忙著到 Walmart、Home Depot 及一些園藝中心，挑選了二十幾種菜籽。我一再提醒：就我們兩人，能吃多少？何況已屆退休年紀，體力總不如前，擔心他累，也擔心他閃到曾受過傷的腰。可是他置若罔聞，每次瞧見他在菜園忙進忙出，一張曬得黝黑好似老墨的臉及不再挺拔的腰桿兒，我的心裡就有點兒酸酸的。

才個把月，重二、三磅，長十五吋，碩大無比的美洲南瓜（Zucchini）就可收割了，樂得他笑逐顏開。他對栽種的蔬果，事先都上網做了功課。如美洲南瓜又稱西葫蘆，生長力強，適應性好，產量亦豐，難怪只種幾棵就收成了二、三十個。而且營養豐富，能提高免疫力。既是這麼好的有機食物，周末爬山，裝滿一紙箱，帶去與朋友們共享。

每天變著法吃它，搭配著炒雞蛋、炒蝦仁、炒雞丁、燴牛肉片還拿它當黃瓜似地涼拌，甚至打蔬果汁。發揮創意，這麼努力地吃，是看上它有潤澤肌膚的作用，不曉得這麼吃下來，我這張臉是否會變得水靈一點？

先生飯後喜甜食。我用胡蘿蔔蛋糕的食譜，將糖、油略減，其他份量照舊，然後把胡蘿蔔絲換成美洲南瓜絲，再加些小紅莓乾、葡萄乾、碎核桃。設定好時間，烤箱只等「叮鈴」一聲，蛋糕出爐，屋裡頓時瀰漫著一股濃郁的香氣，令人垂涎。切下兩塊裝盤，沏上一壺西湖龍井，與先生慢慢品嚐熱騰騰蛋糕，兩人的心滿意足全掛在臉上，這就是幸福的滋味吧！

繽紛池園

花花世界

放眼望去，窗外景色不再肅冷枯黃，已透出一片綠意。真高興，春天終於來了，而且是坐著花轎來！

三月初，後院樹枝上的花苞，蓄勢待發。杏花首先登場，依序而來的是李花、桃花、梨花、櫻花，將滿園妝點得繽紛熱鬧。真是好一個花花世界！

杏花

棗紅色的花苞，顆顆飽滿圓實，盈盈纍纍附在枝上。才隔兩天，再看時，花苞已然開放。展開後的花瓣呈淺粉色，露出笑臉迎人的花蕊。樹枝在花海中俏生生地立著，有的甚至欲迎還拒，嬌羞地「一枝紅杏出牆來」。

李花

花朵沒杏花大。潔白淡雅，誠如宋朝朱淑真的形容——「小小瓊英舒嫩白」，它簇擁密集，從枝頭細碎地蔓至枝尾。不張揚、不浮誇，開滿一樹。它不與群花爭寵，就這麼靜靜地來，悄悄地去。

桃花

自古以來，形容桃花的句子不勝枚舉，真箇是「滿樹和嬌爛漫紅，萬枝丹彩灼春融。」它無需故作姿態隱藏自己，任誰也不容忽視它的艷麗。在春風中，恣意地舞著，將一抹桃紅，舞向蔚藍無垠的蒼穹。

梨花

一樹淡淡的白，沒有杏花的俏，也沒有桃花的艷，逕自優雅地散發出清香。天突然陰了，飄起濛濛細雨，輕輕灑在花瓣兒上，我見猶憐。不由得想起「梨花一枝春帶雨」來。

櫻花

品種甚多，有寒櫻、山櫻、大島櫻……等，其中山櫻是日本的國花。每年花季，不管在日本或美國的首府華盛頓，如織的遊人，總是如痴如醉地漫步在櫻花道上，沐浴在櫻花獨有的淒艷中。一見櫻花，數十年前轟動影壇的《櫻花戀》，便浮上腦海。劇中的主題曲——*Sayonara*（莎喲娜啦）哀婉動人地在心中響起，餘音繚繞不絕：

Sayonara, Japanese, goodbye
Whisper Sayonara
But you mustn't cry
No more we stop to see pretty cherry blossoms
No more we 'neath the tree looking at the sky
Sayonara, sayonara, goodbye…

這幾種花的花期都不長，不過十來天的光景，花瓣紛紛墜落，像是灑下陣陣的花瓣雨。在花雨中，想起黛玉葬花——「未若錦囊收艷骨，一杯淨土掩風流。」難掩滿懷惆悵，但轉念一想，四季更替，是自然界的規律，毋需太感傷縈懷。看待「落紅不是無情物，化作春泥更護花。」逕自以一己的生命化為沃土，換得來年的繁花似錦不是較具正面意義？

鳶尾花

搬來新墨西哥州，第一眼看見藍紫色的鳶尾花（Iris），就愛上了它。因它花的形狀似翩翩起舞的蝴蝶，彷彿要將春的消息傳到遠方去。這花取鳶尾之名，因它葉子平展，好像鳶鳥的尾巴。當時我們立即將它買回，栽種在後院鄰近窗檯的牆下與池塘邊上。

Iris 希臘語意為彩虹，因為這種花有紅、橙、紫、藍、白、黑各色，不愧彩虹之稱。不管它顏色再多，我還是較偏愛藍紫色。鳶尾花屬鳶鳥科，是多年生草本植物。分類複雜、品種繁多，主要有宿根類和球根類。球根類花較小且不耐寒；宿根類有三種，以 Beardless Irises 較受到大家歡迎，因它花大色鮮、耐寒性高、又好養。乍看以為鳶尾花有六枚「花瓣」，其實它只有三枚，外圍的那三瓣乃是保護花蕾的萼片，由於這三枚瓣狀萼片長得酷似花瓣，以致常常以假亂真，令人難以辨認。

法國是一個鮮花之國，首都巴黎有「花都」的美譽。它以體大花美，婀娜多姿的香根鳶尾作為國花。這有三種說法：一說「是象徵古代法國王室的權力」。相傳法國第一個王朝的國王克洛維在受洗禮時，上帝送給他一件禮物，就是鳶尾。此後法國人紀念自己的始祖，便把鳶尾花作為標誌。二說「是宗教上的象徵」。根據基督教的教義，上帝雖然只有一個，但卻是聖父、聖子、聖靈三位一體。鳶尾花的三枚花瓣，正可代表著聖父、聖子、聖靈三位一體。三說「法國人民用鳶尾花表示光明和自由，象徵民族純潔、莊嚴和光明磊落」。

沒親眼見到真實的鳶尾花之前，就久聞它的大名。畫家梵谷在一八八九年於聖雷米（Saint-Remy）創作了《鳶尾花》。生前他從來無法藉著他的畫作維生，但死後近一百年，於一九八七年他的《鳶尾花》卻在紐約的拍賣會上，賣出五千三百九十萬美元的天價，震驚全世界。他把滿園的鳶尾花描繪得栩栩如生，藉畫上展現的生命力，來表達他對大自然的美的感動，難怪它的複製品在坊間甚為暢銷。真品現存於美國洛杉磯的蓋提博物館。

另外一位享譽畫壇的畫家，即是晚年搬至我們新墨西哥州聖塔菲定居的歐姬芙女士（Georgia O'keeffe）。她生前畫了許多花，一九二六年創作了《黑色鳶尾花》系列。有人說這其中蘊涵著「性象徵」，她回應：「『性象徵』這話是別人說的，可不是我。」她的畫用色少，表現形式簡單，富創意，給人種強烈鮮明的印象。她藉由作品表達自我，建立特有的藝術風格，並在創作的過程中，為所繪實體找出一套新的視覺語言。

生活美學大師蔣勳曾說過：「美是世界上最奇特的一種財富，愈分享，就擁有越多。」他提醒我們培養豐美的感官經驗，進而能深刻體驗大自然與生活之美。只要用心，譬如花，有時即使用眼睛看，不是用耳朵聽，似也能「看」到花迸開的聲音。

美無所不在，只是我們終日忙忙碌碌，對身旁美好的事物已習慣視而不覺，漸漸遺忘了那種發自內心的悸動。希望我們從現在起，能抽出點兒時間，暫時拋開手邊的工作，盡情與大自然融合在一起，用身心來感受周遭之美。

池塘邊上的鳶尾花正盛放著，拍下它的美，與大家一起來分享我的「財富」。凝神屏息，「看！」你是否聽見它花開的聲音？

請參照書前附圖八　鳶尾花。

金盞菊

欣賞國畫中的四君子——「梅、蘭、竹、菊」時，我總認為菊的風采平凡，略遜於其它三種。

讀了陶淵明的「採菊東籬下，悠然見南山」，以菊花自況其高潔的人格；朱淑貞的「寧可抱香枝頭老，不隨黃葉舞秋風」，說的是菊花，而字裡行間表露的卻是陶淵明的氣節，這位九月菊花花神，果真一如菊花，千餘年來，香傳至今；李清照的千古絕唱「簾捲西風，人比黃花瘦」，將那份濃烈思夫的離別之苦、相思之情，全蘊藉於黃花之中；蘇東坡的「菊殘猶有傲霜枝」，既讚菊花的品格，亦隱喻自己的情操；紅樓夢裡，吃肥蟹，飲醇酒，賞秋菊，作佳詩，其中林黛玉的「問菊」——「欲訊秋情眾莫知，喃喃負手叩東籬：孤標傲世偕誰隱，一樣花開為底遲？……」道出了她清高孤傲，目下無塵的品格。這些扣人心弦的詩詞，終讓我對菊花另眼相看起來。

搬到新墨西哥州後，為了妝扮庭院，我曾數度進出園藝中心，陸續買了玫瑰、鳶尾花、劍蘭、萱草、百合……來種植。雖然一直惦念國畫中的四君子，但我知道在此州想種心中仰慕的「梅、蘭、竹」不太可能，但種新愛「菊花」應該不難，於是在園藝中心來回瀏覽尋覓，想買國畫裡花瓣似金鉤的大朵黃菊，卻遍尋不著，只見同屬菊科毫不起眼的金盞菊，排滿一架，正笑臉相迎，安靜地佇立於園中一角。就是它吧！買回家，種了再說。

萬萬沒想到，各種花競相爭艷，依序快開，卻速謝地等待來年再綻放時，而金盞菊依舊開出如陽光般璀燦的色彩。花朵密集，花瓣層疊，顏色鮮麗，花期又長，形成一片耀眼的花海，教人喜出望外。難怪唐朝詩人元稹說得直接：「不是花中偏愛菊，此花開後更無花。」

橙黃色花朵猶如太陽的金盞菊（Calendula officinalis），又名常春花、長生菊，原產於南歐、地中海沿岸一帶。據說古羅馬人看見金盞菊在初一開花，於是依羅馬古曆以初一「Calends」為它命名，這就是其屬名的由來。英文名是眾所周知的「Marigold」。金盞菊為一年或多年生菊科草本植物，適應性很強，生長快，較耐寒，不擇土壤。掉在園子裡的種子可以自己發芽生長，不需來年撒仔重種，挺省事的。

在藥草古籍上提到金盞菊有個特殊的功能——淨化人的心靈和思緒，因此被廣泛使用在精油和製芳香劑。歐美上市之藥品「Calendule Oil」主要成分即來自金盞菊，作為割傷、擦傷急救及滋潤乾燥皮膚之用。它也可以內服治療各種炎症及潰瘍。感冒時飲用金盞花茶，有助於退燒，而且清涼降火氣。新鮮的花卉還可以放在沙拉裡吃。乾燥過後的花瓣甚至可拿來泡茶喝，燜約三至五分鐘即可，橙黃色的茶映襯著漂浮的金黃花瓣，清香裊裊，飲來甘中微苦，別有一番滋味。

現代人每天生活於緊張忙碌中，難免身心疲憊，不妨抽出點時間，至院中走走，「常在花間走，活到九十九。」因此我每天都去後院欣賞金盞菊的姿韻，除一親芳澤外，還能享受它獨特的保健作用，何樂而不為？

美國民主黨參議員艾福特狄克遜（Everett Dirksen）於一九六七年四月十七日倡議：「將金盞菊定為美國國花」，他為此曾提出決議案，茲節略如下：

> 國花一定要能代表國土的優點，而且它的特徵必需是全國性的。而金盞菊盛產於美國本土，茁壯繁茂於每一州。能忍耐夏日炎陽，又能克服夜裡冷寒。它的強韌正反映出開疆拓土先祖們的膽識與德性，將斯土建設成了一個了不起的國家。它自立自強，不需什麼特別的照料。它那顯著多彩的顏色——檸檬色和橘子色，濃厚的紅色和桃花心木色正適合這個國家富於想像的特質。它像水仙一樣活潑，像玫瑰一樣繽紛，像

百日草一樣不屈，像康乃馨一樣嬌美，像菊花一樣高傲，像牽牛花一樣有闖勁，像紫羅蘭一樣處處可見，還像金魚草一樣莊嚴堂皇。它愉悅我們的感官，使人的精神高尚，……它普及於合眾國的每一州，因此之故，我謹舉薦美洲金盞菊為美國的國花。

洋洋灑灑說來，貼切中肯。金盞菊若有靈，當十分感動，引為知音。可惜提案未被通過，不過眾議院中，仍有不少人擁護他的看法。

細看金盞菊，沒有牡丹的國色天香，也沒有玫瑰的熱情嬌艷，更沒有蘭花的清淡高雅，可是它默默地守候在那裡，散放溫暖馨香，撫慰熨貼你起伏不安的心緒。環顧紅塵俗世中，許多人常慨嘆知己難覓，往往將眼抬望高處，一意去追尋懸崖峭壁上攀摘不到的花朵，卻忽略了身邊金盞菊似的朋友。

隨著年歲的增長，人生閱歷較豐後，我漸領悟——金盞菊，它看來平凡，其實不凡！

荷花的聯想

初搬來新墨西哥州時，看見空無一物的後院，除立即種上花樹外，我們決定請工人來，挖了個長約三十呎、寬約二十呎、深約四呎的池塘。在它四周塗上水泥，以便日後易於清理。池塘一角壘砌上層層石頭，水由高處一階階流下，形成小瀑布。憧憬著將來滿池蓮花盛放，好體會周敦頤〈愛蓮說〉裡的「香遠益清」。

待池塘一完工，即至園藝中心買來數盆睡蓮、幾尾錦鯉及金魚，擱置池中。幾年下來，睡蓮蓬勃生長，恣意綿延；金魚亦子孫滿堂；唯獨錦鯉卻早已不幸夭折。想必是睡蓮衝破花盆的束縛，盆中泥土隨之流失於池中，池水不再清盈澄澈之故。

先生數度清理池塘，成效不彰。前年四月底，踏進園藝中心，請教店主該如何清理。她說店裡雇有工人，可代為清理且收費合理。太好了，問題迎刃而解。出來時，經過暖房，鑽進去一看，發現數盆僅長了幾片葉子的荷花。心中一喜，卻不無疑問，我們這州能種荷花？

它熬得過仍有風雪的冬季？店主說品種不同，它迥異於亞熱帶的荷花，葉片不會大如傘蓋，花朵也秀氣些，但能耐寒。我們當即買下。

每天在池塘邊流連，觀看荷葉的變化。數數葉子增加了幾片？長大了多少？才六月初，已長了好幾個小花苞。花莖漸漸抽高，由原先的細弱，到堅挺。擎著的花苞由「小荷才露尖尖角」，到了中旬已是豐潤飽滿，春色藏不住了。隨時似要撐開的頂端，透出隱隱的緋紅。次日清晨，我慢步至池邊，猶是閉著的花苞，一待陽光撥開雲霧照下，它突然收斂起羞怯，唰地打開，一展燦爛熱烈的笑容，片片花瓣兒窩裡，露出嬌嫩欲滴的金黃花蕊。層層花瓣的紅就像飽含顏料的毛筆，於筆尖沾點水後，落在宣紙上，就這麼一路漸淡漸濃地暈染開去，好個「映日荷花別樣紅」，美得讓人屏息！瞧它雖笑容可掬，卻掩不住出污泥而纖塵不染的一身傲骨，峭然挺拔、孤高泰然地佇立於天地中。

荷花花期甚短，僅兩、三天。先生出差不在家，錯過了它的怒放。趕緊拿出相機，直著照，橫著拍。有遠景、有特寫；有安靜的水中倒影、也有嘩啦啦的瀑布流瀉。飛濺而起的水花在荷葉上滾動，就像是顆顆晶瑩的珍珠灑落在綠絨上。挑了幾張給先生電郵寄去，讓他分享這「紅蓮浮翠暗凝香」。

孟浩然有句「看取蓮花淨，方知不染心。」句中的蓮花與不染，讓我聯想起蓮花生大士曾開示「本具覺性」的要點——

清除過去之念，不留纖毫痕跡；向未來之念開放，不受他境所染；安住當下心境，不修整造作。這一刻，縱有念頭生起，不執不取，心如虛空，就像自性大海中所起的波浪，本是一體，雖有起伏生滅，但水性恆寂。這微妙的心性，便空朗明淨，無垢無染，即是當下的覺性。

放眼池塘——荷葉正隨風輕擺；荷花送出幽淡清香；瀑布的淙淙聲流過心田，舒適熨貼。此情此景似能一滌凡心塵念，忍不住在池邊坐下來，意欲禪修，將散亂的心收歸平靜，遠離妄想，以達心神合一。可惜閉上眼後，瞬間，在腦海中閃過的念頭，一個接一個，如脫韁之野馬，正展蹄咻咻奔騰。數分鐘後，我收起打坐，終確切體會到「不執不取，心如虛空」的境界，是多麼不易！回過神來，再度凝視眼前不染的蓮花，不禁為它的瑩瑩然、坦蕩蕩、無掛礙而喝采，對照自己剛剛靜坐下依然雜念紛沓、聯想浮翩，實覺萬分赧顏。

拖鞋蘭

先生看我回來兩天了都沒動靜，忍不住問：「看見客廳桌上擺的蘭花沒？那是我補送給妳的生日禮物。」才從外地回來，心情依舊沉浸在與老同學久別重逢的喜悅裡，根本沒注意到家中擺飾的變化。聽他一說，心生歉疚，趕緊起身去看。

一盆小小約七吋高的植物。五片濃綠的葉子，上帶淺綠圓點。細小的莖上綴著個花苞，惜尚未開花。他要不說，壓根兒看不出來那是盆蘭花。心裡納悶，以前他買的蘭花，都蠻大盆，彎挺的枝上總先開了幾朵，不管是紫紅、純白，我一眼就認得出來，那是頗具王者之姿的蝴蝶蘭，而眼前這盆，毫不起眼，不知是什麼蘭？

先生看出我的失望，告訴我：「這是拖鞋蘭，我們這裡的花市不常有，恰巧看見，所以買了來，想給妳個驚喜。」我僅淡淡地說聲「謝謝！」還接了句「怎麼取這麼個怪名字？一點也不雅緻。」先生笑說別嫌它不雅緻，待開了花，妳就知道了。

沒幾天，突然聽到先生在客廳大叫：「開花了！」我跑過去一看，哇！這下才明白它為什麼叫拖鞋蘭，真是名副其實。三片毛茸茸的花瓣伸展開來，中間掛了隻綠油油似拖鞋的唇瓣，那模樣可愛極了！它沒有其它蘭花的華麗色彩，卻有種奇特的拙樸風姿。

先生看出我的驚喜，興致亦隨之高昂地加以補充。「它又稱仙履蘭，原產於亞熱帶及溫帶地區。花色有白、乳白、黃、綠、紅褐等。春至秋季開花，花期長達一至兩個月。由於數量漸稀，已成世界保育類植物之一。」

「早期它在台灣一直是極少量，對多數愛蘭者而言，仍屬陌生的品種。後來恰逢嘉德利亞蘭、蝴蝶蘭市場沒落，拖鞋蘭才漸漸成為台灣蘭花市場上另一個新興主角。一九八九年，在日本東京舉行的第十二屆世界蘭展，其中一株玫瑰紅色的『玉女』原生種拖鞋蘭，勇奪冠軍，從此開啟了拖鞋蘭在亞洲地區的栽培產業。台灣曾在屏東地區舉行過拖鞋蘭之小型蘭展，奠定台灣拖鞋蘭產業根基。」

有關花的話匣子一打開，先生就欲罷不能，從拖鞋蘭進而至蘭花：「蘭花栽培在中國已有兩千多年的歷史，品種多達一百多種。孔子常以蘭花的品性來勸導世人：『芝蘭生於深林，不以無人而不芳。君子修道立德，不謂窮困而改節。』所以蘭花有『花中君子』之稱。到了唐、宋，是中國蘭藝史的鼎盛時期。南宋的趙時庚寫成的《金漳蘭譜》是保留至今最早的一部研究蘭花的著作。另一位南宋畫家趙孟堅所繪的《春蘭圖》是現存最早的蘭花名畫。」先生娓娓道來，可見他對蘭花之傾心，綜觀他平日為人處世，方體會原來他處處以蘭花的品性來期許自己。

先生與我有個共同嗜好——愛花，凡是與花卉有關的訊息我們都非常注意。前陣子看報導，台灣首次申辦的「二〇一〇台北國際花卉博覽會」將在二〇一〇年十一月六日至二〇一〇年四月二十五日舉辦，這是國際首次授權認證在台舉辦的世界性博覽會。

真開心，台灣的園藝產業首度以領航之姿站上世界舞台。衷心期待台北花博會能如報導將營造出一個超越政治、跨越種族、由各式繽紛花卉所描繪出的美麗新世界，及讓大家讚嘆園藝產業的文明發展之餘，能思考與自然界的和諧關係，達到愛護地球生態環境的目標。

另一報導：台灣蘭花名揚英國「雀兒喜花卉展」，榮獲銀牌獎。

首次參展就讓英女王伊利莎白二世驚艷不已，其中一盆外型嬌貴的蘭花，特別取名為「幸運蘭」後送給女王。這些參展的特殊品種，將在今年台北花博會重現。

我們正好將於十一月返台，肯定去「花博」參觀，領受花的語言、吸取花的馨香。屆時想必也會見到拖鞋蘭的淡雅之姿，希望有機會能向專家請益它的栽培技術。

先生愛蘭，可惜卻不會養蘭。雖號稱有個綠拇指，能將院中蔬果種得碩大香甜，唯獨對蘭花束手無策。每回興沖沖地買回來，蘭花僅美美地盛放兩個月就奄奄一息，他心中不無遺憾。明知蘭花喜溫暖、濕潤、半陰環境，澆水不能太多，也不能太少，每日小心翼翼侍候，不知為什麼它卻無視於他的嬌寵，依然枯萎而去。

失敗為成功之母。屢敗，他屢試。寄望這盆拖鞋蘭在他累積的失敗經驗下，能幸運地存活下來，重燃他有根「綠拇指」的信心，日後也好與朋友分享成功培植的心得，盡他一己之力，在此地推廣這麼可愛的世界保育植物。

請參照書前附圖九　拖鞋蘭。

淡淡的三月天

終於把冬季盼過去了，我輕輕舒了口氣。想起兩年前的冬季，印象深刻，至今難忘。那時腳傷未癒，坐在輪椅上，哪兒也不能去，活動範圍縮小，直覺長日漫漫。每天清晨，在家庭廳看完電視裡的新聞播報後，就滑動著輪椅到飯廳。習慣性地，透過一整排窗戶向後院望去。

院中除了常青的松樹外，餘皆進入了冬眠。一副蕭索景色，讓人無從想像盛夏時它曾擁有過的風華。起風時，看懸在枝頭尚未掉盡的幾片殘葉，正巍顫顫地掙扎著。終禁不起冷風橫掃，簌簌而落，剩下光禿禿的枝杈，倔強地挺立於寒風中。

午後，太陽適時出現。拿起書，將輪椅轉向客廳明亮處來讀。忽見光線透過百葉簾，照在曇花葉片上，一會兒它又向花朵盛放的螃蟹蘭移去。葉片與花朵在陽光的照射下，更顯透亮嬌嫩。若不是行動不便，我還不曾這麼閒散專注地看著光影在室內移動。索性放縱自己，不再讀書，而去感受光陰一點一滴地從指縫間溜逝所產生的變化。陽光漸漸照過茶几、沙發，慢慢移至輪椅邊。畢竟不慣於奢侈，想著從小琅琅上口的「一寸光陰一寸金，寸金難買寸光陰。」我倏然一驚，「怎能如此浪費？」趕緊把心收回書上。

日子就這麼一天、兩天，一個月、兩個月、三個月地盼過去了，窗外的景色不再蕭索。枝椏上悄悄抽出了嫩芽，冒出了綠意，杏樹上遍佈著纍纍花苞。有一天，花心突然掙開了花苞的束縛，露出了花蕊。先是幾朵，漸至整枝，然後蔓延至整棵樹。一片襲人的花海，恰是「紅杏枝頭春意鬧」詞句的最佳寫照。潔白靦腆的李花、欲訴還羞的梨花、豔紅放肆的桃花……陸續綻放，將後院妝點得春意盎然。

我已可離開輪椅，一瘸一瘸地步向後院，欣賞園中景色。紫藤已長出無數小花串，怒放指日可待；捲起的玫瑰葉片已舒展開，枝繁葉茂；鳶尾花的花苞鼓脹著，隱約透出沉穩的紫色；菜園裡的韭菜與蒜苗亦鑽出了泥土，冒出了新綠。心曠神怡間，忽聽見嗡嗡的蜜蜂聲，尋聲望去，瞧見成群的蜜蜂忙著在杏花間穿梭，傳播花粉。美景當前，忍不住拿起相機，速速按下快門，恰好捕捉到蜜蜂停留在杏花上的畫面。

猶記得那段等待腳傷癒合期間，因心中焦慮，時間似過得特別慢。後來想通了，急也沒用，索性放開胸懷，轉移注意力，做計劃中該做的事。一旦心思不再去留意它時，反覺時序匆匆，冬去春來，大地換了妝扮，流年亦已暗中偷換！

今日，佇立院中，沐浴在陽光下，邊回憶那年情景；邊享受拂面的和風。風，不似冬日的凜冽；陽光，亦無夏日的驕悍；一顆心，似如絮的白雲在空中自在地飄盪。一切是那麼樣的雲淡風輕，讓人混身安詳舒暢。愉悅中，我不禁輕輕唱起：「淡淡的三月天，杜鵑花開在山坡上……。」

癩蛤蟆

池塘剛建好時，先生迫不急待地前往園林中心買錦鯉、金魚來養。買完正打算步出園子，一轉身，看見另一隻缸裡無數隻黑色大頭短尾的蝌蚪在水中游動。我以為是青蛙，不過個頭較大，先生說這是癩蛤蟆。他一時興起，買它十來隻。

錦鯉嬌貴，試了兩、三次皆未能成功。我們的池塘就成了金魚與癩蛤蟆的天下，它們在田田蓮葉與水草間悠哉生活，一天天長大。

癩蛤蟆，這三個字，從小就聽過，只是沒親眼見過。如今養了它，給了我近距離觀察的機會。它皮膚粗糙、背面長滿了大大小小的疙瘩、體型短壯、步態緩慢笨拙、只能齊足跳（因此不可能跳得遠）。它真醜！（溫不溫柔？不可得知。）怪不得有「癩蛤蟆想吃天鵝肉」這句話。

白天，它躲在草叢、菜園或石塊底下陰暗處。我在後院走動時，發出聲響，它蹦地跳出來逃走，地面上留下它窩在那兒的形狀，挺可愛的。傍晚，它常在池塘或菜園裡覓小蟲吃，難怪喜歡種菜的先生當它是寶。

學中醫的朋友告訴我們：「它的寶豈止在吃區區小蟲？學名蟾蜍的癩蛤蟆，混身是寶，具極高的藥用價值。它的耳後腺、皮膚腺分泌的白色漿液的乾燥品叫蟾酥，有解毒、消腫、止痛等功效。蟾衣，是它自然脫下的角質衣膜，在《本草綱目》中稱之為『蟾寶』，具有抗癌消腫之神效。在盛夏暴熱的夜晚，它借雷鳴電閃可蛻衣一次，且邊蛻邊吃，蛻完吃盡，故蟾衣極難採獲。」朋友一口氣說出，我們方知它原來這麼「寶」，它的醜立即被我「原諒」了。

養後第一年的五月，夜晚，忽聽到從池塘處傳來怪異的鳴叫聲，聲音蠻淒厲的，聽來很恐怖，不知是什麼怪動物在叫？先生拿著手電筒至院中查看，原來是季節到了，癩蛤蟆正努力發出求偶聲。第二天早上，先生在池塘邊發現抱對的癩蛤蟆正行體外受精，在水中繁殖，卵產於兩條膠狀管內。他馬上取來相機，拍下抱對的照片。

當我看到照片時，挺不好意思地說他：「幹嘛這樣拍？」先生說：「這有什麼？最正常不過。要不是在自家池塘，哪有機會瞭解及看到它們繁殖的生態？」數天後，蝌蚪即孵出，密密麻麻地滿佈池塘。數量之多，看得我頭皮發麻。三個月後長成幼蟾，數量已沒初時多，不知是不是逃走了？

幾年下來，每逢五月，先生與我已很習慣聽它淒厲的求偶聲。雖然一點也不羅曼蒂克，但它那樣實心實意、鍥而不捨地叫，還蠻感人的。在我們心中，早已當它是一家「人」了。它一點兒也不醜！

請參照書前附圖十　癩蛤蟆。

人生畫卷

沒有過不了的坎兒

一場車禍，天人永隔。噩耗傳來時，她不敢相信，也不願去相信。早上出門他還好好的，怎麼就沒回來了？原以為平時從報上得知的車禍報導，不可能發生自己身上，誰知世事難料！此時，腦子一片空白，整個人癱了似地，喪事全靠好友們料理。

多虧慈濟師兄姐幫忙，請來山上幾位法師到殯儀館誦經。待一切儀式完後，就將遺體火化。陰霾的天，加上寒風細雨，彷彿天地同悲。當爐門一關，她才真正意識到——這輩子再也看不見他了，魂魄似隨他而去，雙腿一軟，眼前一黑，什麼都不知道了。

一雙兒女的哭叫聲，讓她悠悠醒轉。是呀，還有孩子要撫養，一個七歲，一個四歲，都還小，她不能倒下！

家人都在台灣，遠水救不了近火。她強打起精神，一肩扛起所有責任。一早分送兩個孩子上學，再趕至公司上班。她不能給人弱者形象，何況獨自撫養孩子，她得比別人付出更多心力，不能失去賴以為生的工作。有時一忙，竟忘了去接孩子，等猛然想起，飛車趕去，小女兒正淚眼汪汪地佇立那兒。心疼地將女兒抱起，叫她別哭，可是不爭氣的眼淚卻在自己眼眶打轉。

每天忙得像陀螺，恨不得多生出些手腳。電燈不亮，換過燈泡還不行，不知開關哪裡接觸不良？屋瓦被強風吹落，橫掃下來好幾片；天花板現出水痕，不知哪段水管漏水？水槽堵塞不通；車子昨天還開得好好的，怎麼今天就突然發動不了？

以前遇事不順時，所有抱怨皆一股腦兒倒給他。他總是耐心聽著，輕拍她背說：「事情總會過去的。」唸大學時兩人開始戀愛，還一起飄洋過海，繼續深造。記得他曾說要一輩子呵護她，當時靠著他厚實的胸膛，一股暖流自心田升起，她覺得幸福極了。他怎麼可以食言呢？讓她形單影隻，失去依靠。夜深人靜，李清照的〈聲聲慢〉在心中響起，這首詞讀過無數遍，感受從沒像此時這般深刻：

尋尋覓覓，冷冷清清，淒淒慘慘戚戚。……梧桐更兼細雨，到黃昏、點點滴滴。這次第，怎一個、愁字了得！

好一個「愁字了得！」她多想一了百了，可是望著酣睡的孩子，她不能這麼自私！孩子是他生命的延續。攤開日記本，就從今夜起，忠實記下心情，為那份刻骨銘心的傷痛找出口。也痛下決心，為了孩子，今後得好好活著，她一筆一劃寫下——「人生沒有過不了的坎兒！」

母親多次表示：有個人依靠總比孤零零地好，這年頭，再嫁也沒人會說閒話。最初她一笑置之，不過最後她還是應承了母親：機會來時，會好好把握。

錢鍾書《圍城》裡說：「婚姻是被圍困的城堡，城外的人想衝進去，城裡的人想逃出來。」而她原居於城內，過著溫暖踏實的生活，從沒想過要逃出來，誰知命運捉弄，竟將她拋至城外。在城外這麼一住十來年，由最初的淒惶，到如今已能享受城外的風光。她深深體悟，做人千萬別自尋煩惱——在城裡，想著城外；在城外，卻想著城裡，要能隨遇而安，活在當下，身心才能自在、安詳、快樂。

相思紅

認識妳，純屬偶然。

去年春末，在一家藝品店，看見架上擺著一枚別緻的楓葉胸針。伸手想把它拿起來看時，正巧旁邊一隻纖細的手也伸向它。幾乎碰著的兩隻手，一驚，同時收回。彼此對望一眼，我隨即禮讓走開了。

那個周末，秀秀在她家舉行餐會，宣佈今晚請了位從芝加哥搬來的新同事。正說著，門鈴響了。門開處，竟然是妳！妳初來乍到，整晚我竭盡所知將小城介紹給妳，並邀妳加入合唱團。唱歌可怡情抒懷外，還能多認識些朋友，妳欣然應允。

原以為妳單身未婚，後來才知道妳離了婚。離婚總有不得已的苦衷，即使日漸熟稔，我尊人隱私，從不好奇探詢，以免碰觸到妳的傷痛。

秋天來了，合唱團舉辦賞楓遊。蔚藍的天、墨綠的山、層層醉人的楓紅點綴其間，美得讓人屏息。雖地處美國西南，但小城峽谷的秋色絕不遜於美東。楓葉在陽光照射下，更顯紅艷。清末民初有「錫山才子」美稱的廉南湖之詩句——「夕陽穿樹補花紅」浮上心頭，也許將它改為「夕陽穿樹補葉紅」，在此時更貼切些。

遙落人後，我倆漫步楓林裡，妳異於往常，靜默著，清澈的雙眸蒙上了一層薄霧。滿懷心事，似掉進遙遠的回憶裡。過了一會兒，妳方幽幽開口：「知道我為什麼離婚嗎？」妳並不期待我的回答，只是醞釀故事的話頭。「因為楓葉！」妳娓娓道來：「我先生與他的秘書朝夕相處，日久生情，悄悄來往了好幾年。感情上他離不開她，責任上又拋不下我，倍受煎熬，痛苦萬分，後來終於向我坦承這份外遇。當時我心碎了，萬念俱灰，不知該如何自處，直到有一天驚見他案頭書內有張秘書送他的卡片，內夾楓葉，上寫著蕭師的一首詞：

長相思，短相思，
我自思儂儂未知，相思無已時。
短相思，長相思，
若道相思無已時，不如從此辭。

是這份濃烈的相思透出的深情，讓我決定成全他們。」

妳這樣的決定，真不容易！許多人在變調的婚姻中，因不願對方稱心如意，而誓不退讓，結果是三個人一起墮入痛苦的深淵。其實怨恨惱怒，無濟於事，只會徒增折磨。成全對方，何嘗不是解脫自己？所受的創痕只有讓時間慢慢來撫平。

妳恢復沉默。看楓林小徑上落葉紛陳，顏色有杏紅、艷紅、棗紅、絳紅……。如果說一片楓葉，蘊藏著一份相思，那麼妳對他的思念正如同這紛亂交錯的葉片，已在心上烙下了重重疊疊的紅印。

秋陽淡淡灑下，蜿蜒的山路似無盡頭，我們就這麼走著，並肩踩在夕陽裡。妳依舊無語，一任乾枯的楓葉在腳底簌簌作響。

李軍聲與砂石畫

觀賞完張家界的景點，欲遊常德的桃花源前，地陪先帶我們去參觀座落於張家界市子舞路的軍聲畫院。抵達前，地陪在遊覽車上為我們簡單介紹了砂石畫的創始人——李軍聲先生。

李先生是土家族人，於一九六三年出生於張家界天門山下的一個貧農家庭。他自幼喜歡畫畫。七歲輟學後，四處打工。一九八四年，不顧家人反對，為追求藝術之夢，拿出積攢多年的所有積蓄，到省城長沙學習美術。一學六年，其間，為節省顏料費用，他開始試用不需花錢即可找到的材料來作畫。有一天，他看到人們修房子都喜歡用五彩石鋪在牆面上，看起來絢麗漂亮，這給了他用砂石來作畫的靈感。剛開始，所作畫的圖案、色彩雖比較簡單，不過畫依然賣得不錯，成了他維持學業的主要收入來源。這就是砂石畫的起源。

車抵達畫院後，蒙展廳部的員工熱情接待，給我們做了詳細解說，並帶我們一一觀賞所展出的畫。第一次看到砂石畫，不是以往熟悉的傳統國畫、水彩畫及西方油畫，給了我前所未有的視覺震撼。誠如解說員所說，它具有國畫的神韻、水彩畫的清新、油畫的凝重、工藝畫的精巧，並有半浮雕的立體感。

我很好奇地提出疑問：「這砂石是怎麼轉化成作畫材料的？」原來將砂石採集回來後，經過磨、洗、曬、篩、分成、分色等多道工序，最後根據畫面所需，用手工一層一層地鋪撒在油畫布上；同時將不同季節採擷來不褪色的植物，經過熏、蒸、晒乾、防腐、防潮，裁剪成不同尺寸，配合畫面使用。簡言之，砂石畫就是利用天然彩石、植物等不褪色的自然材料黏貼而成。當然，在鋪撒材料時需拿捏輕重、緩急、厚度和均勻度，這是極高的技術。解說員並補充：「畫完成後，還需在表面塗一層液體保護膜，以防止腐壞與潮濕。」由於作畫材料源於自然，沒任何污染，也沒添加任何的顏料和化學物質，因此贏得「環保畫種」的美譽，備受現代注重環保的各界所稱讚。

李先生於一九九四年在北京中國美術館成功地舉辦了李軍聲砂石畫展，九七年創辦了砂石畫研究院並興建了軍聲畫院。九九年他又投資興建了民族藝苑，以其特有的思想與創意彌補了張家界旅遊文化市場的空白。此後幾年，他的畫陸續獲獎且被美術館收藏；國內外的媒體對他作過多次的專題報導；同時他的名字也被編入《二十世紀中國著名書畫家》、《中華瀚墨名家作品博覽》等十三部典籍。

聽完解說，對李軍聲先生不禁肅然起敬。他的成功絕非偶然，必是傾注了全部的心血，執著地探索、研究，方能將那些在山上、在水中沉睡了數萬年的砂子變成舉世無雙的砂石畫。

出了軍聲畫院，遊覽車朝桃花源駛去。陰霾的天空飄起了細雨，不一會兒，轉為滂沱大雨。無視於車窗外的街景，像一幅幅潑墨畫，朦朧地往眼後閃去，我一門心思全沉浸在李先生所說的：「一件精美的藝術品不受材料和技巧的束縛，而取決於創作者的心靈感悟。」這句話，一再清晰地在我腦海中撞擊迴響，如醍醐灌頂，給了學畫的我終生受用的極大啟示！

無疆天地

二〇〇七年十二月二十九日，欣逢母校——台南女中九十週年校慶。接獲通知時，我早已訂好機票赴多城與父母親人團聚，因此未克前往台灣與老同學們共聚參與盛會，深感遺憾。聽聞校慶會上，同學間流傳著王培五老師感人肺腑的真實故事。這故事已由她口述，資深媒體工作者——高惠宇及劉台平整理，於二〇〇〇年一月出版為《十字架上的校長》一書。曾與我同班的培珍，熱心地將書借給我看。

書中記述王老師的先生——時任山東煙台聯中的張敏之校長，於一九四九年率八千名流亡學生，追隨投奔遷台的政府，但因入台管制而暫轉澎湖。沒想到軍方因內戰兵員損耗，欲強徵這批中學生為兵。張校長為維護學生的受教權，挺身抗爭。當時三十九師的韓師長盤算跟與這批學生同為山東人的澎湖司令爭權，竟誣陷張校長，將他以「匪諜」入罪，好達到他升官的目的。而在台北的保安司令部副司令兼總管保防業務的彭將軍望著自己肩上的兩顆星星，心想只要再辦幾件大案子，不愁成為三星上將，於是在公文上畫了押，以人命換星星。張校長和一百多名師生就成了權力鬥爭下的犧牲品而被槍決了。

先生為公義而死，王老師痛不欲生，但想著孩子，她得堅強地活下去。那段日子，她帶著六個子女，謀職不易、處處碰壁、特務又時加監視，備嚐人世艱辛。幸憑藉堅定的信仰及友人的仗義相助，方熬過苦難歲月，將孩子們撫養成人，陸續受完良好的教育，相繼出國深造，奮鬥有成。以前她曾在仇恨痛苦中掙扎，後來閱讀聖經中「……惡人一定會受到審判……不需在世人面前求翻案，在上帝面前終會有公平的審判。」才幡然醒悟。自此以後，心中方放下對仇敵的怨恨。如今全家在海外團聚，過著幸福圓滿的生活。

看完此書，不禁掩卷嘆息。王老師當年在台南女中任教時，認真負責，學生們一點兒都不知道她所遭遇的悲慘命運，看不出她心中所承受的痛苦。她將內心深沉的冤屈化作一股力量，將無比的愛給了周圍的子女與無數的學生，並曾實至名歸地當選過全省最年輕的模範母親。

她的幼子張彤在書中引用神在聖經中的應許：「壓傷的蘆葦，祂不折斷；將殘的燈火，祂不吹滅。祂憑真實將公理傳開。」來描述他偉大的母親是棵壓傷的蘆葦，但永折不斷。說得真好！貼切而傳神。

她的子女於二〇〇八年三月十五日在拉斯維加斯為她老人家慶祝百歲誕辰。在校慶會上，同學們決定精心製作一特大生日賀卡，發動上百學生在上面簽名祝賀。歷經磨難，能屆百歲，誠屬不易，想必她老人家寬廣的心中是無疆天地，抬頭挺胸間，那開闊的氣勢是上得天，下得地。已達「百川歸海」、「萬物歸一」的境界，能裝得下四海風雲，容得下千古恩怨。

轉眼王老師的生日又將來臨，在此，致上我深深的敬意並恭祝她老人家身體健康、生日快樂、福如東海、壽比南山！

沙漠玫瑰

數年前，從加拿大的多倫多搬來美國新墨西哥州的阿布奎基市。初來乍到，參加的第一個活動，就是先生公司每年招待員工舉辦的夏日出遊。

公司租用的場地座落於郊區，佔地甚廣。可任由員工選擇參與自己愛好的項目——騎馬、打排球、羽毛球等戶外運動；亦可漫步欣賞半沙漠地帶特有的景觀。沐浴在陽光下，入眼是遼闊的大地，這種粗獷的感覺迥異於往昔我在多倫多工作的銀行所舉辦的年度活動——衣香鬢影、杯觥交錯的細緻餐敘。對於這兩個不同世界的好奇，略微填補了我當時失落過去的惆悵空虛。

用餐時間到了，大家魚貫進入大廳。坐在我身邊的是一位嫻雅的婦人，帶著年約十五歲的女兒。先生介紹說這是蘿絲。她關心地問我剛搬來，習不習慣？言談間，看出我對多倫多的懷念，安慰我說：「人都這樣，過一陣子，妳肯定會喜歡上這裡！」雖是第一次見面，我們相談甚歡。

正聊著，有人步上台宣佈：「今天的餘興節目是請蘿絲為我們表演一段佛朗明哥舞。」看著含笑起身的蘿絲，我猛拍手。不敢置信，運氣這麼好，這麼快就能親眼目睹我仰慕已久的佛朗明哥舞。瞧見她女兒孤單坐著，我好奇地問先生：「蘿絲先生怎麼沒來？」「離婚了，她是個單親媽媽。」

蘿絲換上了舞衣與舞鞋，一身乳白，搭配火紅的流蘇披肩。長髮紮起，於腦後盤起個髻，紅色的耳環突出在光潔的頸項上，與雙頰的酡紅相輝映。她彷彿是從畫家Nora Hermida油畫裡走下來的天使，跟剛剛坐在我身邊的她，判若兩人。沒有現場樂隊的吉他伴奏，她隨著錄音機裡的音樂，熱烈起舞。配合著節奏，她時而腳踏地面、時而手指開闔、手腕靈活轉動、手臂大幅度彎曲、身子快速旋轉，優美的舞步和奔放的動作所爆發出的內在力量，攫住了眾人的目光。

難怪有人說：「佛朗明哥舞是能將音樂掌握得最精確的舞蹈。」蘿絲忘我地舞動肢體，明快流暢地聳肩抬頭。不過在她流盼的眼神裡卻閃過一絲落寞，我深切感受到她極欲舞出烙印於靈魂深處的滄桑與孤寂。

是那份無言的「滄桑與孤寂」震撼了我，讓我心疼，除了公司的聚會，我們常請她來家裡小聚。有一天，先生告訴我，蘿絲女兒參加同學的生日派對，深夜駕車歸來，遭酒駕的人從後猛撞上，當場車毀人亡。自離婚後，沒了先生，女兒已是她生命的全部。承受不了這份錐心的打擊，她辭職離開了公司，不知去向。

幾年過去，今天卻意外在超市門口相遇。我倆驚喜地緊擁，「妳好嗎？」這三個字傾注了我滿心關懷。她平靜地說出：「那段日子了無生趣，心似被掏空了，直到有天翻看女兒的日記，發現裡面有句『希望最愛的母親每天過得快快樂樂』，方驚覺，我不能再沉湎於痛苦的回憶裡了，過去的就讓它過去吧！於是收拾心情，開了家舞蹈工作室，取名『沙漠玫瑰』（Desert Rose）。全心投入佛朗明哥舞蹈中，來撫平傷痛。」我好高興，她終於重新站了起來。

初識她時，她跳佛朗明哥舞的影像浮上了眼前——Nora Hermida 油畫裡，挽著髮髻、一身乳白、搭配火紅流蘇披肩的天使。她現正欲破畫而出，淋漓地舞出自己的一片天。

她的名字蘿絲（Rose），其意為玫瑰。陽光照在她那看來「也無風雨也無晴」的堅毅臉龐上，我忽然覺得「沙漠玫瑰」這名字取得真好。她就是那朵於人世無常的風雨襲擊下，依然傲挺於沙漠中的玫瑰！

取捨．隨緣

四周一片沉寂，如墨般漆黑的夜籠罩著大地。披上外套，她步出禪房。秋深了，山風吹過，帶起陣陣涼意，夜露沾衣，寒氣襲人。她了無睡意，在禪房外徘徊，思索著，面臨生活的轉折時，她該如何取捨？

回想這一年的變化真大。原先日子過得無憂無慮，自從幾年前她專心向佛，為法會經常不在家後，洋先生東尼開始不滿，去年提出離婚。她不懂學佛有什麼不好？外國人不是一向尊重宗教自由嗎？罷！既然他堅持，那就離吧！也好，她更可了無牽掛地朝既定目標——學佛走去。

從美國回台灣探望親人後，就跟隨來自西藏的上師去了西藏。原以為她會在那兒長住，學藏文、修法、閉關……遠離塵囂，終此一生。剛開始還好，與東尼曾在高海拔的阿市住了九年，西藏的高海拔，她還能適應，沒想到冬天來了，冷到骨髓裡的酷寒讓她受不了。身子單薄的她，實在難熬，上師說：「妳還是回台灣閉關吧！」於是收拾好行囊，就這麼來到上師推薦的山上。

在禪房裡，打坐復打坐，日子過得非常有規律。捫心自問：可曾心如止水、毫無雜念？不！她依然常常想起東尼。尤其在外這一年，一切得自己打點後，更是惦著他的好。過去她依賴他慣了，不會做家事，由他來做；私人的一切開支，包括參加法會的機票、膳宿、供養上師等，也全由他支付，她從不需為金錢煩惱。有時為學佛一走數月，留下東尼孤單在家，她慶幸自己命好，嫁了個好老公。她從不曾想過，美滿的婚姻是雙向的，是需要花心血經營的，而非純由一方無止境地付出。

後來東尼抱怨，期望她以家為重，但她有個遠大的目標——冀望將來做個有成就者，好貢獻自己，救眾生於苦難，將小愛擴大為大愛。東尼為什麼不能支持她？成全她？走向宗教就得犧牲家庭？難道魚與熊掌真是不可得兼？

這一年手頭只出不進，身邊積蓄所剩無幾。生活是很現實的，那怕是住禪房閉關也要花費。獨自過日子後方深深體會——沒錢行不得也。如今生活無以為繼，今後這條路該如何走下去，她再度面臨抉擇。

想先工作一年，存夠第二階段閉關所需的費用再說。在台灣謀職不易，還是回美國吧！她很自然地想到東尼，這曾是她最親密的人。拿起電話，撥過去，希望他容她免費吃住，好讓她能多存點錢下來。她知道他不會「見死不救」，何況思念總在分手後，她相信當他想著往日的甜蜜時，如同她，他一樣也會想念她。

果真，東尼心軟，答應了讓她暫住。於是她從寧靜的山上，收拾好心情，重新面對萬丈紅塵。當飛越關山重洋，再度踏進熟悉的家時，恍如隔世。她曾精心佈置的小佛堂不見了，一切看來似熟悉又陌生。今後事情會如何演變？她不知道。生活不就是需要一次又一次地去面對取捨，做出抉擇？世事難料，一切隨緣吧！

恨不相逢未嫁時

我們這州華人較少，在所居住的社區裡幾乎全是老外。他們很注重庭院設計，每天飯後與先生散步是件賞心悅目的事。日久天長，對鄰居們的庭院佈置瞭若指掌，哪家種些什麼樹？栽些什麼花？閉上眼都能描繪出來。有一天，看天色還早，就跟先生說：「走！我們今天去遠點，跨過界，到另一個社區走走。」除欣賞不同的庭院景觀，還可彎去它附近的步道（Trail）。

走進那社區，經過轉角一戶人家，吸引我目光的是：這庭院沒有繽紛的花朵，除了草坪，僅植垂柳一棵。盈眼的綠，看來十分簡樸，但那隨風款擺的柳條兒，卻搖出了一份別人家沒有的閒適詩意。忽由屋內傳出一陣隱約的歌聲，細聽是首國語歌曲，我不禁停下了腳步。那是首扣人心弦的老歌——《恨不相逢未嫁時》。聽得出來，唱的人將所有的感情傾注於內。

冬夜裡吹來一陣春風，心底死水起了波動，雖然那溫暖片刻無蹤，誰能忘卻了逝去的夢。你為我留下一篇春的詩，卻叫我年年寂寞過春時，直到我做新娘的日子，才開始不提你的名字。可是命運偏好作弄，又使我們無意間相逢，我們只淡淡地招呼一聲，多少的甜蜜、心酸、失望、苦痛，盡在不言中。

歌聲已止，卻餘音裊裊，仍在我心頭迴盪。我呆立著，先生拉我一把。「怎麼？聽完了，還不肯走？」「我想去敲門，認識這唱歌的人。」「哪兒有像妳這麼冒失的？」沒錯，在國外注重生活隱私，只好隨著先生，不捨地離開。一路無語，依然沉浸在無奈、淒婉的歌聲裡。腦海中不斷猜想，她是誰？能把這首老歌唱得那麼好，應該不會太年輕。

秋天來了，步道旁的白楊樹已換上秋妝。在藍天的襯托下，黃澄澄的葉片閃著耀眼的光芒。靜下心來，還可聽見樹葉飄墜的颯颯聲。乾爽的空中，黃葉舞秋風，我們怡然地走在一片金燦中。

迎面緩緩走來一對東方老夫婦，老太太的銀髮在風中輕顫，臉上清晰可見歲月的痕跡，但在夕陽的映照下，染上的霞彩，讓她顯得年輕一些。我直覺她就是唱那首歌的人，於是冒昧地開口：「請問，你們是中國人吧？是不是住在轉角，門前有棵柳樹那家？」他們吃驚地看著我，我趕緊解釋：「有次打你們門前過時，聽到妳在唱《恨不相逢未嫁時》，所以就猜妳是中國人。」聞後，她緊蹙的眉頭方舒展開來，緊抿的嘴角跟著放鬆，唇邊的酒窩也隨即漾起了淺淺的笑。看得出來，在異鄉的小城，不！小社區，遇見我們這兩個「同鄉」，他們倆也挺開心的。彼此交換了姓名。

瞧著他們，我迷惑了，這樣的神仙眷屬，她為什麼愛唱字詞間滿是遺憾的「恨不相逢未嫁時」？難道她嫁他之前已有婚姻的束縛？那麼日後她又是怎麼嫁給他的呢？按捺住滿腹狐疑，與他們揮手道別。

我們由初初的寒喧漸至熟稔。散步時，賈伯伯總緊握著賈伯母的手，唯恐她摔倒，這讓我想起《詩經・擊鼓》裡的「執子之手，與子偕老。」而賈伯母不時對他深情地凝睇，更讓我感受到那一刻的凝睇——瞬間即是永恆。

有一次，當我提及這首歌時，賈伯母說那確是她當時的生活寫照，後來她終能與賈伯伯結成連理。愛唱這首歌，是憶苦思甜。年紀越大，對感情的體會越深，越珍惜這段得來不易的相守。看出我的好奇，賈伯母承諾，以後有適當的機會時會講給我聽，並說：「這中間的曲折，夠妳寫成小說。」也許正是這份「曲折」在她心中的份量，才會慎重以待，要在對的時間、對的地點、對的心情，才能向我娓娓道來。

尚滿心期待著，誰知竟沒機會了！那年冬天，我摔斷了腳骨，坐著輪椅，在家靜養。怕老人家大冷天出門不便，婉辭了他們來看我，僅偶而透過電話向他們請安。

時光飛逝，眨眼已是春暖花開，再一眨眼，竟是夏去秋來。看著白楊樹葉由綠轉黃，隨風飛舞，驚覺又是一年！這場景讓我想起初見他們時，賈伯母映照在金燦秋陽下的臉。突然好想念他們，於是撥個電話過去，沒想到賈伯伯告訴我，賈伯母心臟病突發，已於兩星期前過世了。

電話中，聽得出來，賈伯伯心中的悲痛。兩人共老的溫馨世界一夕間坍塌了，世事真是無常啊！明知有些路啊，只能一個人走！不過丟下賈伯伯一人，讓他怎麼承受得了？放下電話，我恍恍惚惚，依然不願接受這既定事實，心想「她，活生生的，怎麼……怎麼就這麼消失不見了？」人死後，究竟去了哪裡？很遺憾，這千古之謎，至今無人能解。面對「死生契闊」，生者何堪？哪怕朝思暮想盼來了夢中相聚，怕亦只能是心酸地「相顧無言，惟有淚千行」吧！

沒待先生下班，立刻撐著拐杖，一拐一跳地趕到他家致哀。賈伯伯在院前等我，人瘦多了，一襲青衫，立於風中，衣袂飄揚，令人倍感淒涼。

於廳中，見到賈伯母的遺像，憶起她淺淺的笑容、慈祥的關懷及愛唱的《恨不相逢未嫁時》，我悲從中來，忍不住哽咽地唱起：「冬夜裡吹來一陣春風，心底死水起了波動……我們只淡淡地招呼一聲，多少的甜蜜、心酸、失望、苦痛，盡在不言中。」向她遙祭上我深沉的哀慟。

自閉症

今夏，斜對面搬來一對帶著兩個男孩的年輕夫婦。街坊鄰居一向熱心，隔壁西語裔的老漢就趴著院牆跟我說：「搬來的是東方人，妳去表達歡迎之意最合適。」

捧著剛烤好的蛋糕，我前去按鈴。門開處，正瞥見男主人往牆上掛一幅張大千的墨荷。我心一喜，「你們是中國人吧？」「是的，是的。」主人興奮地連聲回應。我表達完大夥兒的心意後，即做了個簡單的自我介紹。

他連忙回說：「我姓鍾，在台灣唸完小學，就隨父母移民來美國，現在英特爾上班。我太太也來自台灣，目前在家帶孩子。」他們剛搬來，肯定很忙，我沒多待，留下電話：「有什麼我可以幫忙的地方，請說一聲，千萬別客氣。」就告辭了。

幾個禮拜後，他們請我過去茶敘。一進門，看見兩個孩子各自專心地在玩玩具，我主動跟他們打招呼。「嗨！你們好。」兩個孩子沒理我，連頭都沒抬。鍾太太趕緊解釋：「妳別介意，他們有病。」看他兄弟倆，好端端地，看不出有病的樣子。停頓一下，她才說：「得了自閉症。」我著實嚇了一跳，心想怎會這樣？

看出我的疑問，她接著說下去：「老大不到一歲，就會認英文二十六個字母。不管你把字母順序顛倒弄亂，他能準確無誤地挑出你所要的。心裡正為他的聰穎而高興，可是快兩歲了，還不會自動叫人，只會模仿你的發音，不會說話，也不跟別的小朋友一起玩，更不會與別人分享他的玩具，只專注地做他喜歡做的事，譬如堆積木，一遍又一遍。帶他去看醫生，經檢查測試後，方知他得了自閉症，那時我剛生下老二。」

「這令我們錯愕萬分。家族史中，沒人得過此病啊！是什麼原因造成的呢？初時，我們難免沮喪，當看到在我們心中如天使般的兒子時，我們知道我們一定要克服所有的困難，與兒子一起打這場人生中的硬仗。」

「醫生告知：此症病因仍未知。很多研究人員懷疑它是由基因控制，再由環境因素觸發。但部份患者可經過診療、實習及特殊教育來改善他們的社交、溝通能力，不過以現時醫療科技水平來說，這病不可能完整根治。」

「我們花很多時間搜集閱讀有關資訊，增加對自閉症的瞭解，有的資料上寫自閉症是因腦部功能異常而引致的一種發展障礙，即人際關係障礙、語言表達障礙及行為障礙。由於自閉症學生的個別差異極大，加上致病的原因不明確，因此暫時尚未能發展出一套完全有效的治療方法。然而，藉著行為治療、認知教學、感覺統合訓練、語言溝通訓練等，可以減輕自閉症帶來的影響。此外，透過藥物治療，亦可減輕自閉症學生某些問題行為，如情緒不穩定、精神不集中、過分活躍等。音樂治療、藝術治療、遊戲治療等方式，也有助學生紓緩自閉症帶來的障礙。」

「每周除了固定帶他去給專人治療、密集的語言訓練外，在家也換不同的教育方式，引導孩子與我們作眼神接觸，產生互動。兩年下來，老大已有明顯的進步。老二出生時，一直期盼他有別於哥哥，會是個正常的孩子，沒想到日後發現他的情況比哥哥還嚴重。」

瞭解了他們所花的時間與精力，我十分感動。面對鍾先生夫婦，我衷心敬佩地說：「作為他倆的父母，你們比一般的父母需要付出更大的耐心、更多的愛與關懷，真是難為你們了。」鍾先生樂觀地說：「孩子是上天賜給我們的禮物，我們心甘情願地為他們付出一切。」

看得出來，夫婦倆好疼愛這對兄弟，鍾太太甚至辭職，專心在家照顧他倆。哥哥四歲，弟弟才兩歲，還有好長的一段漫漫人生路要走，祝福這兩兄弟平安順遂，能逐步增進語言、溝通及社交的能力。說不定，將來因自閉症的專注特性，他倆能成就某種特殊的才能，如同患有自閉症的牛頓、愛因斯坦與梵谷。

告辭出來，對鍾家夫婦及家有自閉兒的家長們我滿懷敬意。寄望日益發達的醫學，有朝一日能解開目前尚未知答案的謎，讓這病能完全根治。二〇〇七年聯合國通過每年四月二日為世界自閉症日（World Autism Day），以提高人們對於自閉症及相關研究和診斷的關注。希望大家能瞭解和接納患自閉症的孩子，幫助這群不一樣的孩子跨過生命中的障礙。

漁夫

烈日驕陽，
把一身曬得如古銅牆。
汗水海浪，
在臉上的溝壑間流淌。
用力拋出手中緊抓的魚網，
一道飛向天際的弧線，
轉落入水中潛盪。
游目四望——
天蒼蒼、
野茫茫。

管它潮起潮落，幾度船航，
僅盼收回的網中，有我日用糧。

漁夫／雲霞攝。

我見我思

留白

在多城曾隨楊老師習畫，記得他說過：「『留白』是國畫十分講究的繪畫技巧。」他改學生的畫稿時，一再示範如何打破畫面上的均衡、對稱，並說該密處，就得密，要我們大著膽子著墨；而該疏處，就淡淡幾筆，別隨意添加。疏密的拿捏正是所謂「密不透風，疏可走馬」。他更強調一幅好畫，得留下空白處。

改動後的畫面，產生了主與次、疏與密、遠與近、大與小的強烈視差，形成虛實、濃淡、輕重的效果。原先平淡無奇的畫，突然生動有致地「活」了過來，留給我極深刻的印象。老師要我們用心去體會留白的重要性，他說留白不是「空」，而是「多」。正因為有了空白，才能給人無盡的感覺，讓人能以想像力去豐富它。

這麼多年來，楊老師的話不時在耳邊縈繞，很自然地，它已融入我的生活中，形成我審美的一把尺。譬如設計庭院時，不管先生如何抱怨，想擴充耕種面積，我都不為所動。這空著的一角，雖然什麼也沒有，卻是庭院的靈魂，藉由它的空，才能襯出別處的蒼翠、豐腴。如同畫上的留白與著墨，沒有留白，便不能托出著墨處的韻味。

栽種池塘裡的荷花、睡蓮時，我請先生將花缽置於西南角，空出東北處，視覺隨著空處延伸拉長，小池塘似成了大池塘。空處，白天可邀天光雲影共徘徊；夜晚可邀明月來相照、清風來徜徉。

現今留白的觀念，日漸普及。舞台設計不再以色彩紛呈、喧囂熱鬧，來塞滿你的視覺。簡單的留白，目前雖還不是每個人都看得懂，但留住那片白，也許當人們的藝術品味提升時，就能在那片白中，看出一幅寬廣的天地。

傳統的報紙亦跳脫過去制式的編排，以留白使讀者在文與文之間、文與圖之間有了喘口氣的停頓，餘味反而無窮。網頁的設計通過留白，加深了對比衝擊下的張力，帶給人一種強烈的跌宕起伏之感。

於人際關係中，留白更是一種不可缺少的潤滑劑。夫妻、朋友間相處，要懂得運用留白。那不是不關愛，而是給對方留出尊重、留出空間，成為有深度的愛，這樣的感情才能持久不竭。

有人說：「留白不僅是畫家的技藝，也是生命的藝術。」的確，在為生活勞碌奔波之餘，希望我們能抽出時間留白。以悠游自在的心情，看花朵盛放，聽鳥兒歡唱。給生命留白，其實就是充實生命。讓我們如同楊老師提示的——「用心去體會留白的重要性。」學會在空白與充實之間，活出豐富的人生。

晨走隨想

有人說：「走路是最好的運動，不僅能鍛練身體，還能減肥。」以前我愛走路，飯後總與先生在社區繞好幾圈，但自從三年前摔斷了腳骨，不良於行後，礙於傷痛，就沒再走了。良好的習慣一旦放棄，要再重拾似乎很難。眼看著體重直線上升，於是痛下決心。不過還是三天打魚，兩天曬網，未能持之以恆的結果是：贅肉依舊在！

直到搬至城郊，地廣人稀，看來是走路的好地方，於是又開始以它當運動了。也許因為地大，這裡的人家幾乎都養狗來護院。每當先生與我散步時，那些拴在廊柱下的狗就盡忠職守地對著我們狂吠。有的狗主人自認他的狗兒很乖，沒用鎖鍊，任牠們在空壩子上自由活動。當一看見我們路過，狗就惡狠狠地衝上來，嚇得我魂飛魄散，大聲尖叫，趕緊躲在先生背後。狗主人一邊喝止，一邊對我們說：「沒事兒，我這狗很乖的，不咬人。」其實牠已一口咬下，正咬在先生的不銹鋼錶帶上。人沒傷著，不過我卻再也不敢在住處附近散步了。走路這檔子事兒，就此打住。

今年初，先生退休，不用趕早上班，於是我們開車跨過大馬路，到對面社區臨近格蘭德河的步道上晨走。這條河從科羅拉多州流下，貫穿我們新墨西哥州，說它是此州的母親河應不為過。我們打算於此美景中，養成每天晨走的好習慣。

清晨，空氣清新，微風拂面，走在高起的土堤上，四周景物盡收眼底，令人精神為之一振。有時晨霧繚繞，一片迷濛，遠處聖地亞山的半腰上還飄浮著似棉絮般的白雲；有時天氣晴朗，溫潤的陽光自縱橫交錯的枝幹間灑下，在步道上形成斑駁的枝影；有時聽見啄木鳥正啄著樹幹發出清脆的響聲；一群雁子排著整齊的隊形，嘎嘎地自長空掠過，莫非天漸暖要北歸？那聒噪聲驚擾了正在小河裡試春江水暖的綠頭鴨，牠們也隨之振翅急飛，水面上，留下一渦旋蕩的水痕；天陰時，河邊樹叢的小枝椏上停滿了鳥兒，連同水中倒影，一起隨風搖幌，搖出了一幅淡淡的水墨畫。

河岸上的人家，庭院深深。院中拔空而起的樹，少說也長了幾十年，可惜有幾棵靠近河邊的，樹幹已活生生地被水獺咬斷。有一家養了許多馬，空曠的院子，一邊作馬廄，另一邊建了座教練場。每逢周末，總有大人帶著騎馬裝束的小孩來學騎馬。有的小孩在場地裡，聽著教練，一個口令，一個動作。有的已能英姿颯爽地縱馬跨欄了。再過去就是近乎百畝的批發園林中心，一行行的樹，在葉片落光後，更顯得枯瘦。也許待春後，長得豐腴些，適合種植，就會被大批買走了。

起風時，為避風頭，我們從土堤上走下坡來，進入樹林。腳下除了落葉、小草、窪地外，還可透過光禿的樹枝，望見波光粼粼的格蘭德河。這番景色，讓我想起老子《道德經》中所言「曲則全，枉則直，窪則盈，敝則新。」余培林先生在他所編撰的《生命的大智慧——老子》一書中，解析大意為：強風來了，小草順風偃倒，結果安然無恙，這是「曲則全」的例證。人必先彎腿，才能躍起，這是「枉則直」的例證。江海卑下，百川匯歸，這是「窪則盈」的例證。枯葉落盡，新葉不久長出，這是「敝則新」的例證。想想宇宙間的一切事物，不都正如我眼前所見，反覆變化，永無止息？老子以自然界「曲、枉、窪、敝」而能達到「全、直、盈、新」的境界，不就是勸我們要處柔守弱、謙下退讓？真是生命的大智慧啊！

晨走除了健身外，還可享受周遭四季的變化——春來：綠芽粉嫩；夏來：樹蔭深濃；秋來：金燦飽滿；冬來：蕭瑟枯乾。能邊走邊欣賞生生不息的大自然，還能隨想省思，多麼美好！

水的省思

新墨西哥州屬半沙漠性氣候，雨水稀少。一到夏天，灼熱的太陽毫無遮擋地穿透乾淨的空氣，直曬進你的皮膚，曬得人好痛！躲在屋裡朝外望去，後院的菜蔫垂著頭，乾巴巴地，奄奄一息。而晴空萬里的天，沒半絲烏雲，依舊美得像幅畫，天天天藍！

在這種地方過日子，最重要的：就是水！政府有鑒於此，與鄰州簽約，從一九七〇年開始，就有自科羅拉多州每年買進四萬八千兩百畝呎水的水權。將水從科羅拉多河導入聖璜河（San Juan River），流經赫倫湖（Heron Lake），進入新墨西哥北部的查瑪河（Chama River），然後流入了在此地享有盛名的格蘭德河（Rio Grande），豐儲了阿布奎基市（Albuquerque）的水源。不過政府依然努力朝向將每人日均量兩百五十加侖的用水於十年內降至一百五十加侖的目標邁進。除了培養居民對水的危機意識，並宣導於室內沐浴、刷牙、洗碗、洗衣物……時，別讓水管開著一直流，並補貼獎勵換用省水的水龍頭、抽水馬桶、洗衣機；室外花園則改為適宜乾旱環境的景觀（Xeriscape）。Xeriscape 是由 Xeros（希臘語為乾燥之意）與 Landscaping 兩字合併而成為「節水性景觀」的專用詞，即於花圃內，推廣栽植需水量少的沙漠花卉植物，並搭配碎石以取代草坪。每年從四月一日起至十月三十一日止，為防止在大太陽下澆水，水易蒸發，通過法令執行，澆水時間僅限於夜間七點開始至上午十一點進行。

政府亦做好防範雷雨來時的準備，除了水閘起一定的作用外，在一般住宅區內皆建有相當大的排水渠道，將水導引至一大片空曠的低窪地。買賣土地、房產時亦可向政府相關單位查詢：此處可曾有過淹水記錄？以保障人民生命財產的安全。雖說天氣是乾是雨，全憑老天爺作主，不過細細思量，其中亦有許多人為因素的影響牽扯在內。

這幾年「全球暖化」成了熱門話題。從報章雜誌及網路資訊，我們不難瞭解到連續幾年的高溫，已經造成了冰山崩裂、雪山融化、生物物種發生變化。海水受熱膨脹以及高山冰川融化使得海平面上升，又由於人為因素導致的陸地地面沉降，造成了海平面的相對上升。這後果，會使沿海陸地面積縮小、加劇海岸侵蝕、引起洪水災害、淹沒城鎮、鹹水入侵等。一些沿海城市和島嶼國家將被海水淹沒，上億人口將無家可歸。濱海濕地和沼澤面積大大減少下，許多魚類、鳥類和稀有動物均難以生存。海平面上升還將通過鹽水侵入地下水資源，進一步使土地鹽鹼化，從而沿海地區淡水匱乏。冰川的融化，也將使人類可飲用的淡水資源大大減少。這些絕不是聳人聽聞而已！「水」是我們賴以生存的自然資源之一，焉能不節約用水、愛護水資源？為了建構和諧、永續的生活環境，大家有必要一起來做好環境保護的工作！眼下的莫拉克颱風，就給了我們最好的警惕。

八月八日莫拉克颱風過境，造成台灣五十年來最嚴重水患，除了地球暖化造成能量失衡，再加上颱風氣流導引，因此帶進破紀錄的豪雨，導致慘重損失外，捫心想想：數十年來放任官商勾結，盜採河床砂石，濫伐高山樹林，抽地下水養殖，集體開發度假屋，雖在很短時間內創造了經濟奇蹟，不也逐漸加深了土地的創傷？專家提出日後提升雨量觀測系統與軟硬體的設備之餘，是否也應加強宣導、教育人們愛護環境的重要？目前政客們應放下政治操作與口水戰，團結起來，為災後家園的重建而不分彼此地努力。政府除制定治山防洪的政策外，更需有效地加強管理、確實執行監督。經過這次切膚之痛，也許大家能幡然醒悟——人得與自然和諧相處，不是不顧他人和子孫後代的福祉，不斷對大自然無度地摧毀和索取。

電視上，不斷播放救災畫面；朋友也從四面八方經由電郵傳來災情圖文。我邊看邊省思：「在全力搶救生命的當下，在捐助散發愛心的同時，在心疼這美麗寶島的片刻，大家是否從這場災變中學到智慧——對自然萬物該有的尊重與謙卑？」

我人雖住在新墨西哥州，那顆心卻無時無刻不與台灣的災民在一起。不管人走多遠，故鄉永遠是心頭莫大的牽掛！

戒之在貪

新墨西哥州面積是全美第五大，人口卻不到兩百萬。與其它幾個人口稠密的大州相比，算得上是地廣人稀。尤其當車駛向郊外，兩旁空曠的砂礫地，無邊無際，難怪好幾部騎馬打仗的西部片都在這兒選景拍攝。

蘭蘭定居於此多年，常抱怨：「別州房價猛漲，這兒的漲幅卻似龜步般前進。」也許就因為它地廣人稀吧！二〇〇〇年時，股票大跌，房地產市場反似有了轉機。那時她看隔壁做房地產經紀的莎麗，原先挺閒散地，如今每天忙進忙出。有天趁莎麗沒出門，她去串門子。「最近難得見妳在家，在忙啥兒？」莎麗喜孜孜地告訴她：「有好幾個住加州的客戶，看中我們這兒房價便宜，有增值潛力，於是來此投資房地產。這裡的房價已逐漸被炒高，要買得趁早，還會漲。我已試過幾次，買棟預售屋，過幾個月，不需等房子蓋好，一轉手，就能賺幾萬。」

蘭蘭一聽好羨慕，頗為心動，也躍躍欲試。她想要是一轉手，就能賺幾萬，那麼多轉幾次手不就發了？她可以將小房子換棟大點兒的來住，可以去環遊世界，可以換掉那部老爺車，可以……，越想越美，卻不敢冒然行事，得先生同意才行。誰知先生極力反對，認為錢夠用就好，不要去傷神找煩惱。先生是一家之主，蘭蘭只好按捺住發財夢。

房地產市場果如莎麗所料，步步高升。東邊房價原比西邊貴上百分之十五左右，因東邊有幾所好學校，家長們都希望將孩子送到那兒讀。長此以往，東邊發展已近飽和。反倒是西邊，大片空地上，較易規劃，新蓋住宅區的房子樣式新穎漂亮，一些嗅覺靈敏的商家，聞出商機，爭相在西邊設立分店，不管是餐飲、百貨、汽車、超市……應有盡有。放眼望去，如今繁榮的西邊，真應了那句老話——「十年河東，十年河西。」

莎麗趁身為經紀之便，看到大有可為的房子，即先行買下，再賣出。初始，穩紮穩打，一棟棟來。四、五年下來，幾番倒騰，所獲甚豐，膽子漸漸大起來，不再以一棟為滿足。兩棟、三棟，進而至四棟、五棟，同時進行。自備款不足，僅夠房價的百分之五左右，沒關係，反正能向銀行借，雖說貸款利率比一般的高出許多，也值。

好景不常，房地產市場泡沫化。手上的幾棟房子皆賣不出去，沉重的房貸壓得莎麗喘不過氣來，交不出房貸，只好讓銀行收回房子。房價跌落數成，銀行拍賣房子所得，遠不及當

初貸出的款項，市場上哀鴻遍野。惡性循環結果，終掀起波及全球的次貸風暴。蘭蘭暗自慶幸，好在當初聽了先生的話，沒一意孤行。

莎麗卻沒這麼幸運，賠得很慘，她好懊悔，應該早點收手，可惜人生沒後悔藥可吃。這次風暴，歸根究底，問題出在一個「貪」字。恰於書上看到對錢財名利這樣的描述：

金也空，銀也空，死後何曾在手中；
妻也空，子也空，黃泉路上不相逢；
田也空，地也空，換過多少主人翁；
名也空，利也空，轉眼荒郊土一封。

當唸到「轉眼荒郊土一封」時，如當頭棒喝！心頭一震。真的，古時大權在握的帝王將相、叱吒風雲的英雄豪傑，而今安在？還不是歸於塵土！她豁然想通：一切生不帶來，死不帶去，還有什麼好貪的呢？能拋開名利枷鎖，換得一身輕鬆，時猶未晚，何樂不為？

開示

秦嶺煙雨　在眼前變換
善男信女　在腳底祈願
奧秘人生如浩瀚經典
緣深　緣淺
於滾滾紅塵　幾世輪轉
啊　該如何　將其悟參
佛　藹然
佇立無言
千年萬年
僅默默示現　自在靜觀

開示／雲霞攝。

生活隨筆

減肥——鐵杵磨成繡花針

站在穿衣鏡前，邊套上兒媳送我的毛衣，邊想著：「一元復始，萬象更新。新的一年，該有什麼新計劃？」哇！毛衣有點緊，翻看尺碼，已是大號。好！今年的新計劃就是——減肥！

數年來，減肥，這念頭，無時無刻不盤踞心頭。人人皆說減肥的不二法門——少吃多運動。我平日沒多吃——僅半碗飯、一碟青菜加少許魚或肉；也沒少運動——晨起，至少四十分鐘瑜伽、跳繩、啞鈴。興致來時，還舞上一段恰恰，給枯燥的運動添加點韻味。每逢周六，固定走爬山步道兩小時。可怎麼還是一年比一年重？因此我對這不二法門實信心缺缺。朋友安慰我說要不是我奉行「少吃多運動」的話，很可能體重增加得更多。

先生很給面子，不直接說我胖，只含蓄地說：「妳像是生在唐朝的人。」偶爾還戲呼我一聲「玉環」！可惜現今不是唐朝，女人講究的不是楊貴妃般豐腴。瞧瞧站在台上的名模，哪一個不是有趙飛燕之姿？一個比一個瘦！

想當年，我不也瘦過？不足一百磅的身材，走起路來，似風擺楊柳。僅二十吋的纖腰，令眾家姊妹羨煞。即使婚後生了兩個孩子，身材恢復得挺快，仍是苗條依舊。朋友不服氣地問我：「妳那身材，怎麼生了跟沒生似地？」

沒想到，懷老三時，也許因「老蚌生珠」創記錄增加了卅八磅。產後，不管上班與家事有多忙，這卅八磅僅去掉了二十幾磅，剩餘的十來磅就是甩不掉。步入中年後，新陳代謝緩慢，這十來磅已是不離不棄，長相左右。我安慰自己，不是有人說過：「女人一到中年，身上要有點肉肉，才顯福相？」母親說得更好聽：「妳以前太瘦，現在正好，穿衣服才撐得起來。」

退休後，日子過得逍遙自在，不覺心寬體胖起來。加上每年聖誕節返多倫多與父母家人團聚，母親總是煮我愛吃的。不時以期盼的眼神勸我：「多吃點，回到新墨西哥州，妳就吃不到了。來！再吃點。」不忍拂逆，何況自己的確嘴饞，朝思暮想母親煮的美食，如今就在眼前，觸筷能及，哪能抗拒？平日遵守的飲食規則，早拋腦後。一個假期，三、五磅就這麼輕輕鬆鬆地上了身。真是增加容易，減去難。磅秤上的數字呈拉鋸戰，十年下來，已累積了十五磅，過去穿來風光的衣服，現已是東鼓西鼓，翹臀突肚，真是嗚呼哀哉！慘不忍睹。

坐在醫生的診療室裡，做例行體檢。看到牆上貼的減肥廣告，模特兒勻稱健美的身材，沒一絲贅肉，真美！教人羨煞。我忍不住向醫生打探一下減肥。醫生看看我，再翻閱下我的資料說：「依妳的比例，要超出一百卅十磅才算胖。」

老天！不出兩年，我肯定超出一百卅十磅，那時才來減肥必定加倍困難。今年就得設定目標，先瘦個十磅再說。說得豪情壯志，可是心裡卻有點虛。不過總不能沒開始，就先洩氣。減肥，最好有個伴，相互砥勵。電話裡，我跟小胖打氣說：「胖啊，咱倆每天除了固定的運動，得再加強——走它一個鐘頭！」天下無難事，只要功夫下得深，相信「鐵杵也能磨成繡花針」！

這句話拿來形容減肥真好，具形相之美。光想著繡花針的細瘦模樣，就已讓我先飄飄然起來。

輪椅風波

那年冬，跌斷了腳骨，行動不便，仍不想錯過聖誕假期和父母親人的團聚。待醫生確定並允許我坐輪椅旅行時，能訂到飛多倫多的最早機票已是聖誕節前夕了。

雖然航空公司提供輪椅在機場使用，但出了多倫多機場，我依然需要。問過航空公司，可以自帶，於是我們就帶上自己的輪椅。兒子托運完行李，空出兩手來推我。通關時，安檢人員看我僅能單腳站立，特容我坐在輪椅上，接受檢查。

順利過關後，到達候機室，靜等登機。入口處的航空公司職員看我坐著輪椅，優待我們先行。先生在旁拿著我的腳架護著，兒子推著我通過甬道，直抵機艙口。空服人員示意輪椅需折疊起來，他推開甬道側門，從樓梯下至地面，將它放置飛機行李艙內。接過先生遞過來的兩支腳架，拄著它，我一步一躍慢慢地進入機內。

抵達芝加哥機場，等輪椅從貨艙取出，我們即速速趕往下一個候機室轉機。此時見一機場服務員推著輪椅來詢問，是否是我們要的？奇怪，我們並沒有訂。我搖搖頭說我們已有自備。登機時，兒子正準備推我前行，這位服務員連忙阻止，說得由他來推。奇怪，在來時的機場，怎沒人阻止？他不以為然地強調：「這是規定，必需由我來推！」想必每個機場的規定不同，不過他的語氣聽來不很友善，也許是聖誕夜還得工作，心情不好。短短的甬道，瞬間即到。進機前，我回頭叮嚀先生給他小費後，隨即轉身步入艙內。

待所有旅客坐定，環顧四周，怎麼才十個人？搭機以來，從沒見過乘客這麼少，也許多半人早已於數日前成行。飛機提前於晚間八點抵達多倫多，沒一會兒，寥寥無幾的旅客全走光了。

我們站在艙門口，等了二十幾分鐘，遲遲未見輪椅從飛機的行李艙拿上來。服務員特地跑下去看，他說沒見著我們的輪椅，也許已誤送至領行李處，於是坐著機場輪椅直奔領行李處。輸送輪盤上沒有，先生四處查看其它的輪盤，亦蹤跡杳然。

找著詢問台，請服務人員幫忙查查看，是怎麼回事？這人隨即四處走一遍，確定不見輪椅。他要了飛行航班資料，撥了好幾通電話，確定多倫多機場沒有，然後打去芝加哥查問。原來我們的輪椅被棄置在隔壁飛機停機坪上，沒隨我們飛機來多倫多。奇怪？這怎麼可能？

乘客這麼少，貨艙肯定很空，不可能擺不下我這張輪椅。

這人連忙道歉，我們也就不好意思責怪，還再三感謝他的幫忙。當晚已無班機從芝加哥飛過來，最快次日中午方能將輪椅送達我們住處。因實際需要，我們問他可否借用機場輪椅，待次日互換？他說輪椅已不屬於航空公司管，礙於新規定，必需經新管理公司的主管簽字方可放行。而這主管竟讓我們等了一個鐘頭才現身，待一切搞定，已近十一點了。生平第一次在這空蕩蕩的機場大廳，度過難忘的聖誕夜。折騰了大半天，我們帶著一身疲憊，飢腸轆轆地步出機場。

先生這時才說，他知道輪椅為什麼沒上飛機。我好奇地看著他，「因為我沒給小費！」「是飛多倫多，又不是參加旅行團大陸遊。根本沒想到小費這回事，身上的零錢，在機場買咖啡喝時全用掉了。想必那人看我沒給小費，心中不爽，索性把輪椅丟在另一個跑道，讓我們嚐嚐苦頭。」

啊！會有這種人嗎？果真如此，多個經驗，下次出門，不管是去哪裡，還是多備足小鈔為妙，否則吃苦受累的還是自己。

夢想屋

跌斷腳骨時，上下樓得一梯梯爬著、蹭著，所帶來的挫折感，曾使我萌生換個平房住無需爬樓的念頭。不過一想到搬家的麻煩，就打消了此念。

後因屢請來過一次的雙親再來小住，他們總推說有事，不克前來，今知我爬樓困難，方坦言他們也一樣，正因年紀大了，上下樓梯膝蓋會痛，才不願來。心想：如係平房，他們應無這些顧慮。看來換個平房住有它的必要性，因此堅定了我換屋的念頭。

與先生商量後，綜合我的需求：平房、風景好；他的需求：地大、好種菜。於是，每逢周末，開著車四處遛遛，看看能否找到我們的夢想屋。然後，再進一步看房子的建材、結構與設計。要合乎這樣的條件，只有往遠點的北邊城市找。那裡才會有大點的地及可盡攬聖地亞山雄偉壯麗美景的視野。

尋尋覓覓，終於看中了一棟房子，合乎我們的需求，可惜價位略高，估量自己的經濟能力，只好作罷。當時心中難免悵然若失，可是回到家，一看到曾付出那麼多心血佈置的家與庭院，就安慰自己：「幸好沒搬。」倘若真要搬離，肯定會不捨。

沒想到房地產市場突然刮起次貸風暴，帶來了金融危機、股市震盪，影響遍及全球。聯邦儲備會的主席罕見地緊急調降利率，以解燃眉之急。政府亦擬定刺激經濟方案，國會迅速採取行動通過，盼能暫時舒緩迫在眉睫的經濟衰退。

蕭條的房地產市場，使得待售的房屋量驟增，加上貸款利率下降，造就了買屋者購屋的最佳時機，於是我們又駕著車四處看看。啊！當初看過的那棟房子大半年了，居然還在！撥個電話給房子的經紀，查詢現在的售價。不敢相信，竟比前一年跌了百分之二十，立即約好見面時間。這房子因屋主付不出房貸，已由銀行收回來賣。數月來銀行測試市場行情，慢慢調降，但始終未能賣出，竟至今天以貸款金額的八成價推出。

買房不同於買衣、買鞋，是件大事，得從長計議。先生慎重地拿出紙筆，列出許多問題：換房的目的？這房子的優缺點？缺點能否被妥協接受？過幾年，生活型態改變了，它是否還合適？能出多少自備款？能貸多少款？……要我一一作答。

人一生總會數度面臨抉擇，對這棟房子買與不買的問題，終日在腦海中盤旋翻騰。與先生詳細討論後，覺得可行，於是下了決定，出了價，靜待經紀回音。因它已被銀行收回，手續較繁複，等待時間會比一般的交易長很多。

對於已決定的事，我們不再反覆思量，就暫且拋開了它，以免徒增困擾。買得成與否，僅以平常心看待。有句老話——是你的，跑不掉；不是你的，強求不來。

回過頭來，心裡一再琢磨提醒自己：別因虛榮而為物役。至於夢想屋，合於設定的基本條件後，其餘的，勿多作奢求。因生活內在品質的重要性，更甚於房子的外殼，畢竟「屋寬不如心寬」！

日常追求的應是豐富的精神內涵。在汲汲營營為生活勞碌奔波時，能找到使內心祥和安寧的平衡點。同時懂得感恩與惜福，快樂與幸福自然會跟著來。居於其內，方能享有生活的桃花源，這才是個讓人心安自在的夢想屋！

難忘之旅

旅遊是先生與我的共同嗜好。住多倫多時，平時就愛在附近四處走走，長周末則去遠一點兒的尼加拉瀑布、阿岡昆公園、京士頓……等處。遇到休年假，我們就開車遠征。記得曾一路東行過，來它個「八千里路雲和月」。穿越好幾省，直至最東邊斯高沙省的愛德華王子島。一路上，興之所至，哪裡好玩，哪裡停。

朋友曾質疑地問：「真有那麼好玩嗎？山就是山，水就是水，有什麼不一樣？」其實旅遊多少與心境有關。只要敞開胸懷，平凡的風景，也會變得亮麗起來。

就這樣，歲歲年年，我們攜手走過一城又一城，每一處雖都有它不同的歷史背景、人文景觀，豐富了我們的回憶，但都不及與弟弟一家的出遊，令我難忘。

那年，弟弟一家加入。採納了他們的建議，異於往昔，我們開著休旅車，從多倫多直奔佛羅里達州的狄斯耐樂園。我一向認為那是年輕人玩的地方，沒什麼興趣，此次純粹是捨命陪君子。受不了弟妹的慫恿，隨他們去玩「落體遊戲」。乘電梯上了約二十層樓高的地方，每個人輪流上前，依序排排坐。綁好安全帶後，突然座椅懸空似地直直落下。我嚇得緊閉雙眼，兩手死命抓住前面椅背的橫桿，尖叫連連，心臟幾乎要跳出胸腔。耳旁呼嘯而過的風聲，刮得頭髮根根倒豎。臀部似已離開座椅，人彷彿懸在半空中。我早已嚇得魂飛魄散。

抵達地面時，臉色慘白，魂魄尚未歸竅。等緩過氣來時，回頭想想，這不一樣的旅遊方式，經歷一次也挺不錯的。算是另類的「人生不留白」吧！

從佛羅里達州回程中，我們在路上小鎮的一家店打尖。略事休息後，繼續上高速公路。開了兩個小時，天已轉黑，忽然聽見弟妹氣急敗壞地大叫一聲：「我的皮包不見了！」車廂內，原本靜悄悄地沒人講話，這突然來的大叫，嚇了我一大跳。皮包內除了錢，還有護照、駕照、信用卡等，這怎麼得了？弟妹想起來，在那小店上洗手間時，她把皮包放在內放捲筒衛生紙的塑膠板上，忘了拿走。弟弟邊將車駛回，邊連聲安慰弟妹「別急！別急！」

再回頭往來時路開兩個小時，我們回到了小店。弟妹衝進洗手間，已無皮包縱影。問店裡老闆，也沒見拾到的人交還給他。趕緊將信用卡掛遺失，接著報警。警官來了後，問明情形，做好筆錄。正打算離開時，弟弟請他留步，麻煩他出張護照遺失證明。幸虧弟弟心細，否則沒有以資證明的文件，會過不了海關，回不了加拿大。

天亮時，抵達邊境，海關人員將我們一干人等帶進辦公室。除了詳問遺失經過，並打電話向開具證明的警官求證，當然還將弟弟一家的相關資料輸入電腦查詢。待一切弄妥，已是一個鐘頭後，我們終於通關成行。

從這次事件，我得個啟示，即出門旅行，應將護照影印，另置一處，以備不時之需。另外最好繫腰包，別手拿皮包。那麼無需放下，就無遺失之虞。

這次旅行，不管是在狄斯耐樂園的第一次驚魂，或被弟妹掉了皮包的第二次驚魂，那滋味都讓我終生難忘。

病中

忙完搬家，耗損的腦力及體力尚未恢復，即隨團赴九寨溝旅遊。

八月底的上海，雖非盛暑，依然燠熱難當。汗流浹背，連髮根都濕透。踏進豪華的五星級飯店，驟然撲面而來的冷氣，讓我打個顫。次日飛抵張家界，喉嚨即好痛，額頭、手心發燙，大概是感冒了。身心俱疲、睡眠不足下，抵抗力難免減低。旅遊時，不能多喝水、多休息，雖服用帶來的止痛退燒加消炎藥，依然未能藥到病除。

次日上午，至寶峰湖，爬迴旋而上陡峭的三百階石梯。遊完，繃緊的小腿肚沒機會鬆弛，又得沿原梯而下，因地陪說沒第二條路可走。下午，遊天子山、雲青岩、御筆峰；坐電車欣賞十里畫廊；第二天又沒停地在國家森林公園裡，沿著金鞭溪來回走四個鐘頭。很辛苦，但我沒掉隊，勉力跟上。

到了海拔約四千米的黃龍，空氣稀薄，先生問我要不要就在山腳下的飯店休息，別跟大夥兒上去了？我搖搖頭，既來之，則走之。沒想到，最後是走兩步，停一步，氣喘吁吁，心都快跳出來似的。我不斷告訴自己：「前面不遠處，色澤斑爛的五彩池正等著我，絕不能半途而廢！」於是一咬牙再繼續走。

數天下來，病情嚴重了些，還增添了咳嗽。來到此行的重點九寨溝時，先生說：「看妳這樣子，還是留在酒店休息算了。」那怎麼行？！跋涉千山萬水不就為了看它嗎？大陸河山壯闊，想看的實在太多，以後也許沒機會再來此地重遊。美景既然已在眼前，豈容錯過？好在沒聽先生的，每至九寨溝的一處美景，大夥兒發自內心的哇哇驚嘆聲不斷。未抵九寨溝時，地陪在遊覽車裡曾先跟我們說：「這裡是『樹在水中長，水在林間流，此地勝仙境，人在畫中遊。』」她一點兒都沒誇張。

旅程結束，回到家，顧不上時差，又趕赴賭城拉斯維加斯，參加海外華文女作家協會第十屆年會。去年將多年所寫散見報章的散文彙編整理，出版了《我家趙子》一書，通過審查，有幸成為會員。期盼了這麼久的盛會，焉能錯過？打起精神，全力以赴。三天會議，還沒來得及向享譽文壇的前輩們請益，即結束了。只好依依不捨地與眾會友們告別，冀望兩年後見。

返回新墨西哥州後，趕緊向家庭醫生報到。人已很虛弱、呼吸又急促。醫生要我作深呼吸，他拿起聽筒聽，告知得了肺炎。開了抗生素、咳嗽藥，叮囑我多喝水，並要我至對面醫院照X光。兩天後，他看了X光片告訴我：「肺部有積水。」

如今無需像在旅遊及開會時強撐，整個人似洩了氣的皮球，垮了。昏昏沉沉睡去，迷迷糊糊醒來，混身無力也毫無食欲。人雖躺著，腦子依然想東想西。想自己平時做事，求好心切不說，還非得盡快做完。若沒做完，心裡就像拴了個疙瘩似地難受。終日，趕！趕！趕！日積月累，身體怎不被那份疲累及強加給自己的壓力拖垮？多虧這場病，讓我停下腳步，有時間尋思：「身心不能放鬆，怎能去欣賞四周大自然的美景及人生的美好？不能放空，又怎能去學習、領受、容納新的事物？」

過了好一會兒，想起醫生的叮嚀——多喝水，就起身去倒杯水喝。才入口，怎覺苦苦的？夏天口渴時，喝它，如飲甘泉。同樣的水，怎會有不同的感受？想必一切皆是唯心造。

夜半，被自己無法控制的咳嗽驚醒。一陣猛咳後，多半已無法再睡。四野寂靜，長廊盡處傳來風鈴串串清脆的叮噹聲，清晰入耳。可見又起風了，風還不小，吹得樹葉颯颯作響。聯想到九寨溝的樹葉，層層濃綠中，間雜少許幾片黃的、紅的，如今該全轉紅了吧？寶藍亮綠的湖水，深秋時節，是否依然如孔雀毛般藍藍綠綠？提起孔雀毛，這讓我想起曾以一首

「天天天藍」享譽藝文界的卓以玉教授，在海外華文女作家協會時，以她悅耳的北京腔，嘹亮、圓潤的聲音，抑揚頓挫但充滿溫柔細膩的感情，來朗誦她所寫的詩——〈童年〉

孔雀毛　又藍　又綠
勾起了　童年　回憶
紫禁城　快樂　相聚
公園裏　留戀　嬉戲
天黑了　忘卻　歸去
孔雀　孔雀
你可知悉
兒時伴侶　散居何地
是否還有那童年的淘氣？

我深深陶醉在她至情至性如天籟般的朗誦聲裡，心情一放鬆，漸漸瞇上了眼。

清晨醒來，穿上晨褸，繫上腰帶。病中，腰肢明顯小了。拉開窗簾，一夜勁風，後院花瓣兒零落。當金燦的菊花入眼時，見花惜人，浮上腦海的是李清照的千古名句：人比黃花瘦！

相思捲兒

小時候，家住台南。以為南台灣的冬天會暖和點，可是那份乾冷，教人全然感受不到一丁點兒的暖意。那時沒暖氣，怕冷的我緊裹著棉被，坐在書桌前看書。這時，母親總愛憐地端上一碗，煮得綿綿密密的紅豆湯給我喝。喝完，全身從腳底兒暖至腦門。那碗冒著騰騰熱氣的紅豆湯，給寒夜燈下的苦讀，足足加了把勁兒。自此，我愛上了紅豆湯。

曾一時興起，翻查過有關紅豆的資訊。《本草綱目》上它的正式名稱為「赤小豆」。所含的營養超過了小麥、小米、玉米等，且具有很高的藥用和良好的保健作用——清熱解毒、健脾益胃、利尿清腫、通氣除煩……。一看它這麼多的功效，對它我益發有了好感。不只是紅豆湯，相關紅豆家族製品，皆成了我的最愛。

中學時，唸到王維成為千古絕唱的一首詩——「紅豆生南國，春來發幾枝。願君多採擷，此物最相思。」雖說此豆非彼豆，但一般總將它們聯想在一起，那份詩情畫意更成就了紅豆的美名。

曾在西點麵包店打過工的琪琪，學得一身好手藝。知道我愛吃紅豆製品，給我端了盤親手作的點心來。酥黃的皮內，層層包捲了紅豆泥餡。我迫不急待地拿一個來嚐，邊吃邊問：「這叫什麼名字？」她一字一頓地說：「相思捲兒。」啊！它不但好看、好吃，還有個這麼美的名字！名實相符，感動之餘，再輕輕咬下第二口。彷彿那捲起的無盡相思——在嘴裡，漸漸開展；在心中，慢慢融化。

琪琪給了我食譜。這麼美好的點心，願與大家分享。

材料：

一、蛋三個（留下一個蛋黃打成汁備用）

二、油一杯（奶油或瑪琪琳油室溫融化）

三、白糖半杯

四、牛奶四分之一杯

五、香草精一茶匙

六、麵粉四杯

七、發粉一茶匙

八、芝麻少許

作法：

一、將上列材料（一）至（五）混和好，加入（六）、（七）和勻，揉成酥皮麵糰。

二、用擀麵杖將其擀平，成長寬約八吋乘五吋的薄長方形，多出部份用小刀切掉，混進餘下麵糰，可續做第二個長方形時用。

三、上抹薄薄一層市面上賣的罐頭「冰糖紅豆沙」，然後由下往上捲，捲成長條狀，將其切成小段。

四、在每小段的面上塗蛋黃汁，粘上芝麻，放至烤盤。

五、華氏三百五十度烤二十至三十分鐘。

如嫌自作酥皮麻煩，可買 Betty Crocker 牌十一盎斯裝的 Pie Crust Mix 一盒，依說明加入四分之一杯的冷水，把它捏成糰，餘續照上述步驟完成。

平時做一些，孩子們放學回來，馬上有得吃。親友來訪，做為茶點，或有餐會時帶上一盤，尤其年關將近，多做些，好敦親睦鄰。相信大家吃進嘴裡，甜上心坎兒，肯定大受歡迎，何況它還有個這麼美的名字——「相思捲兒」。這世上有幾人不曾相思過？那滋味，百轉千迴，耐人細細咀嚼，永難忘懷！

燕麥餅

腳骨跌斷時，那陣子不能行走，朋友帶著她做的燕麥餅來探望。一嚐，十分可口。她大力推薦這低脂高纖的健康食品，因食材是當今流行的粗糧及果核，她與她先生現皆以此為早餐。欣喜我們對此有興趣，再見面時，她特地將食譜影印了送給我們，希望我們照著它試做，大家一起吃出健康來。

先生把食譜交給我：「妳來做！這不是我的領域。」體諒他因我腳受傷每天下班後得煮飯，已夠忙的，何況這還真不是他的領域，他這輩子從沒做過不是米飯類的食品。可是望望自己跌斷的右腳骨，還不行站立，怎麼能單靠左腳在廚房撐那麼久呢？只好滿懷歉意地跟先生說：「右腳還不能受力，還是你來做吧！」

先生不願辜負朋友美意，周末即去採購所需材料。在廚房，照著食譜有板有眼地做起來。沒一會兒，即聞到從烤箱傳送出來的陣陣香味。烤好後，試嚐一口。嗯！口感硬脆扎實，不油又不太甜，比店裡賣的還好吃。

心存感激，先生這一鳴驚人的「處女作」，看在我眼裡，實非同小可。先生謙稱「這沒什麼稀奇，只要按著食譜，誰都會做。」我心裡明白，若是不想做，食譜再簡單也沒用。茲將食譜抄錄於後，與大家分享這好吃又健康的美食。

材料：杏仁片，碎核桃，松子，小麥胚芽各一杯；燕麥片三杯半；葵花子，南瓜子各四分之三杯。

作法：

一、將上述材料在大碗裡混合好，放在烤盤上，以華氏三百五十度，烤十分鐘。

二、將烤好的材料倒入大碗內，加入半杯豆粉，半杯奶粉和一杯乾紅莓混合。

三、另用碗混合三分之一杯楓糖漿；半杯蜂蜜；四分之一杯油；一茶匙香草精。

四、將作法（三）倒入作法（二）內，攪拌均勻至濕潤。

五、將烤盤噴油。

六、將作法（四）的材料平鋪於噴過油的烤盤上，華氏三百五十度烤十分鐘。翻面再烤五至十分鐘。取出，待涼後切塊享用。

為易於裝盒收藏，我則是待要吃時才切塊。食譜可依自己口味，稍加變動。如不喜歡那麼多果核，減半，以芝麻代替；紅莓亦可減半，以葡萄乾代替。

有了它，除了早餐多份選擇外；郊遊時，還可隨時幫您補充體力；到朋友家帶上它，更顯出您自家烘焙的誠意。現代人講究養生，注重吃得健康，相信它會是餐會上受人青睞的點心。

語言文學類　PG0450

人生畫卷

作　　者／雲　霞
責任編輯／林泰宏
圖文排版／黃莉珊
封面設計／陳佩蓉

發 行 人／宋政坤
法律顧問／毛國樑　律師
印製出版／秀威資訊科技股份有限公司
114台北市內湖區瑞光路76巷65號1樓
電話：+886-2-2796-3638　傳真：+886-2-2796-1377
http://www.showwe.com.tw
劃撥帳號／19563868　戶名：秀威資訊科技股份有限公司
讀者服務信箱：service@showwe.com.tw
展售門市／國家書店（松江門市）
104台北市中山區松江路209號1樓
電話：+886-2-2518-0207　傳真：+886-2-2518-0778
網路訂購／秀威網路書店：http://www.bodbooks.tw
國家網路書店：http://www.govbooks.com.tw
圖書經銷／紅螞蟻圖書有限公司
114台北市內湖區舊宗路二段121巷28、32號4樓
電話：+886-2-2795-3656　傳真：+886-2-2795-4100

2010年11月BOD一版
定價：300元
版權所有　翻印必究
本書如有缺頁、破損或裝訂錯誤，請寄回更換

Copyright©2010 by Showwe Information Co., Ltd.
Printed in Taiwan
All Rights Reserved

國家圖書館出版品預行編目

人生畫卷 / 雲霞著. -- 一版. -- 臺北市 :
秀威資訊科技, 2010.11
面； 公分. -- (語言文學類 ; PG0450)
BOD版
ISBN 978-986-221-621-7 (平裝)

855 99019090